Solange du mich siehst

Zwei Geschichten von

CECELIA AHERN

Solange du mich siehst

Aus dem Englischen von
Christine Strüh
und Barbara Christ

Weltbild

Impressum

Die Geschichten *The Memory Maker* und *Girl in the Mirror* erscheinen im englischen Original im Verlag HarperCollins, London.

Besuchen Sie uns im Internet:
www.weltbild.de

Genehmigte Lizenzausgabe für Verlagsgruppe Weltbild GmbH,
Steinerne Furt, 86167 Augsburg

Übersetzung: Christine Strüh *(Im Lächeln der Erinnerung)*
und Barbara Christ *(Das Mädchen im Spiegel)*
Projektleitung: Iris Bekarska
Umschlaggestaltung: Atelier Seidel – Verlagsgrafik, Teising
Umschlagmotiv: © Hemera
Satz: Atelier Lehmacher, Friedberg (Bay.), www.lehmacher.de
Druck und Bindung: Offizin Andersen Nexö Leipzig GmbH, Zwenkau
Printed in the EU
ISBN 978-3-86800-793-0

2013 2012 2011 2010
Die letzte Jahreszahl gibt die aktuelle Ausgabe an.

Im Lächeln der Erinnerung

‚So ein schöner Tag', sagt sie. Er geht pfeifend neben ihr her, und sie summt leise mit – eine Melodie, die sie gestern Abend in der Bar auf dem Klavier gehört haben und die ihnen jetzt im Kopf herumflattert wie ein Schmetterling im Marmeladenglas. Ihre Hand liegt fest in seiner, die so groß ist, dass ihre ganz darin verschwindet, und wenn man sie so sieht, könnte man sie fast für ein kleines Mädchen halten. Aber das ist sie nicht, sie ist die schönste Frau, die er jemals gesehen, jemals berührt, jemals gerochen hat. Als er ihr das sagt, lächelt sie, und obwohl sie es an diesem Morgen

sicher schon ein Dutzend Mal gehört hat, wird es ihr nicht langweilig, im Gegenteil, bei jedem Kompliment strahlt sie noch ein bisschen mehr. Er schaut sie an, wie die Sonne auf ihren blonden Haaren schimmert und sie ganz zum Leuchten bringt, als wäre sie ein Engel. Hand in Hand überqueren sie den Merrion Square und lauschen dem fröhlichen Kinderlärm, den der Wind vom nahe gelegenen Spielplatz herüberträgt.

Auf einmal landet ein Stock direkt vor ihren Füßen, und sie stößt einen leisen Schrei aus. Aber dann fängt sie an zu lachen, und er neckt sie, weil sie so schreckhaft ist. Ein wenig verlegen lässt sie den Kopf für einen Moment an seiner Schulter ruhen, und der Duft ihres Shampoos steigt ihm in die Nase. Wasserlilie. ‚Ich bin manchmal ganz schön albern', sagt sie. Doch das lässt er nicht gelten: Sie ist die am wenigsten alberne Frau, die er jemals gesehen, jemals berührt, jemals gerochen hat. Und wieder freut sie sich über sein Kompliment. In diesem Moment rennt ein Hund auf sie zu, ein großer blonder Labrador, so tollpatschig, als gehörten seine Pfoten gar nicht richtig zu ihm oder als hätte er viel zu große Schuhe an. Er stürzt sich auf den Stock, nimmt ihn ins Maul, macht kehrt und saust sofort wieder in die Richtung, aus der er gekommen ist. Sie drehen sich um und schauen ihm nach, wie er zu seinem Herrchen zurückrennt. Eifrig, pflichtbewusst. Der Hundebesitzer winkt entschuldigend zu ihnen herüber. ‚Kein Problem', ruft sie. ‚So ein schöner Tag heute, nicht wahr?', fügt sie hinzu, und der Mann gibt ihr recht. Alle sind dieser Meinung.

Langsam gehen sie weiter. Die Luft ist erfüllt von Juli-Düften, es grünt und blüht, und seine Nase fängt an zu jucken. Sie weiß, dass er Heuschnupfen hat, und obwohl er heute noch kein einziges Mal geniest hat, drückt sie ihm schnell ein Taschentuch in die Hand. So gut kennt sie ihn. Er nimmt das weiße Taschentuch mit den eingestickten rosa Initialen entgegen, ein Geschenk ihrer Mutter. Nachdem er sich ordentlich die Nase geputzt hat, gibt er es ihr mit großer Geste zurück. Wieder lacht sie. Die Lachfalten um ihren Mund *erinnern ihn an die kleinen Wellen, die sich auf einem See ausbreiten, wenn man einen Stein hineinwirft. Leicht, fließend, natürlich. Wunderschön.*

~

Er ist weder Arzt noch Wissenschaftler, und obwohl ein paar Leute denken, er sei Psychologe, ist auch das nicht korrekt. Er ist einfach ein Mann, der geliebt und eine Menge Erfahrung gesammelt hat, nicht nur für das, was er jetzt tut und wodurch er weltbekannt geworden ist, sondern für sein ganzes Leben.

Im Keller eines georgianischen Hauses am Fitzwilliam Square ist das futuristische Gerät in historischer Kulisse untergebracht. Trotz der großen Fenster sind die Räume dunkel, die Möbel fühlen sich kalt und feucht an, obgleich ständig die Heizung läuft, und die Klienten des Mannes sind häufig überrascht, wenn sie zum ersten Mal herkommen. Zwar wissen sie nicht genau, was sie erwartet haben, aber ganz bestimmt nicht das, was sie hier vor sich sehen.

Einige Leute verehren den Mann, aber die meisten ärgern sich über ihn, weil sie meinen, dass er mit etwas herumpfuscht, was ihnen in der Welt am natürlichsten erscheint – mit den Gedanken, dem Gedächtnis. Und was verursacht nun diese weltweite Debatte, was bringt die Menschen dazu, ihn entweder zu bewundern oder zu verfluchen?

Verantwortlich dafür ist ein Apparat, eine Maschine. Allgemein wird das Gerät als Erinnerungsgenerator bezeichnet, aber so würde der Mann es niemals nennen. Die Maschine erschafft ja keine Erinnerungen, das können nur die Gedanken, die Phantasie – seiner Meinung nach ist sogar das Herz noch wesentlich mehr beteiligt, aber darauf möchte er nicht näher eingehen –, und erst wenn die Gedanken eine Erinnerung erzeugt haben, speichert die Maschine sie in den Gedächtniskarteien ab, als wären sie ebenso real, authentisch und unvergesslich wie alles andere, was dort aufbewahrt wird. Die neuen Erinnerungen sind Erinnerungen, die der betreffende Mensch sich wünscht – Erinnerungen, die er vielleicht schon vergessen hat und auffrischen muss, und vielleicht hat er sogar schon vergeblich versucht, sie nachzubilden. Die Gedanken erschaffen die Erinnerungen ja selbst immer wieder neu. Damit sie überleben. Und der Apparat hat auch seinem Erfinder geholfen zu überleben. Mehr noch: ihn am Leben gehalten. Ihm einen Lebenssinn gegeben. Den er nicht mehr hatte.

Genau genommen hat er die Erfindung dem Zufall zu verdanken. Entgegen der allgemeinen Überzeugung hat er nicht jahrelang an dem Apparat herumexperimentiert und -getüftelt, weil er nach einer Methode gesucht hat, um seine Vergangenheit hinter sich lassen zu können, diese große Traurigkeit, über die er mit niemandem spricht. Und er glaubt auch nicht, dass ihn das Schicksal dorthin geführt hat, wo er jetzt ist. Er glaubt nicht an das Schicksal. Zufälle passieren, manchmal gute, manchmal schlechte, Unfälle oder Glücksfälle. Es war auch Zufall, dass er, als er zu Hause mit seinen Drähten und Geräten herumgespielt hat, eine Methode gefunden hat, wie der Apparat das Hirn dazu bringen kann, Erinnerungen zu erschaffen. Ein Zufall, weiter nichts. Aber natürlich ein günstiger Zufall. Die meisten Zufälle sind ja leider eher Unfälle.

Inzwischen hat er die Maschine perfektioniert, und es strömen Menschen herbei, aus aller Herren Länder, erschöpfte, verzweifelte Seelen, die Frieden suchen.

Wenn ein Journalist vor ihm sitzt, erkennt der Mann das sofort. Er sieht es an ihren Blicken. Zwar erkennt er darin wie bei seinen normalen Klienten, dass sie sich etwas wünschen, aber es ist die falsche Art von Wunsch. Diese Menschen sind gierig. Obwohl es auch solche gibt, die in der Absicht zu ihm kommen, etwas Positives über seine Maschine und über ihn zu schreiben, weiß er doch, dass die meisten es darauf abgesehen haben, sein Werk zu zerstören. Diese Leute verstehen nicht, was er erschaffen hat, viele fürchten sich auch davor, aber die meisten sind einfach zu zynisch, um sich der

Schönheit seiner Erfindung zu öffnen. Dem Mann ist das im Grunde vollkommen gleichgültig. Er durchschaut die Menschen, sobald sie durch seine Tür treten und sich fragend umsehen – ihre Augen durchsuchen ihn und sein Haus und seine Maschine wie bei einem Verhör. Ihr Besuch hat nicht den Zweck, etwas zu lernen oder sich weiterzuentwickeln – obwohl sie das alle gebrauchen könnten. Denn warum sollten sie einen solchen Hass auf Dinge hegen, die gar nichts mit ihnen zu tun haben?

Der Mann ist bekannt dafür, dass er sehr heikel ist, was seine Klienten angeht, dass er Termine kurzfristig absagt, dass er manchmal jemanden spontan wegschickt, wenn er ihn sieht, dass er eifrigen Besuchern die Tür vor der Nase zuschlägt. Er spürt es, wenn jemand nicht ehrlich zu ihm ist, wenn jemand nur aus Neugier kommt, wenn jemand ihn ausfragen, imitieren oder vernichten will. Er möchte seine Erfindung mit niemandem teilen. Er möchte nicht, dass jemand sie missbraucht. Er heißt Menschen von überallher willkommen – die Trauernden, die Kranken, die Verlorenen, gelegentlich auch mal eine herumirrende Seele.

Vor ein paar Jahren wurde ihm plötzlich klar, dass er bekannt geworden war. Die Existenz des Apparats hatte sich herumgesprochen, über seinen Erfinder waren Gerüchte im Umlauf, es waren Zeitungsartikel erschienen – Erfahrungsberichte von Klienten, Spekulationen von anderen, die keinen Fuß über seine Schwelle gesetzt hatten. Dass man seine Arbeit auf eine Modeerscheinung reduzierte, machte ihn so wütend, dass er erst mal niemanden mehr sehen wollte, doch anscheinend gewann er dadurch, dass er sich zurückzog, nur noch mehr Anhänger. Die Warteschlange war so lang wie die Griffith Avenue, jeden Tag trafen Dutzende von Briefen ein, mehr, als er bewältigen konnte. Widerwillig zog er einen Schlussstrich unter sein einsiedlerisches Leben und heuerte eine Assistentin an, ein Mädchen, das sich Judith nannte, obwohl der Mann bezweifelte, dass sie wirklich so hieß. Es war ein Zufall, ganz klar, nicht mehr und nicht weniger … sie konnte es ja nicht wissen … und dennoch …

Er hatte sie auf der Parliament Street getroffen – hinter sich das Rathaus mit seinen drei Fassaden aus Portland-Stein, vor sich die Liffey und die Four Courts -, als er wieder einmal zu einem Gerichtstermin unterwegs war. Es kam öfter vor, dass man ihn zwingen wollte, seine Arbeit aufzugeben, und inzwischen vertrat er sich bei den Prozessen selbst, was ihm dank seiner früheren Tätigkeit nicht schwerfiel. Und da sah er sie. Judith. Sie saß auf der Straße, in eine braune Decke gewickelt, die dunkelbraunen Haare fettig und angeklatscht, das Gesicht so voller Sommersprossen, als hätte jeder vorbeigehende Schuh sie mit Schmutz bespritzt. Nicht einmal einen Schirm hatte sie. Der nasse kalte Boden war glitschig unter den Füßen der Passanten, aber sie schien auf dem einzigen trockenen Fleckchen Gehweg von ganz Dublin zu sitzen.

Er blieb neben ihr stehen.

Sie blickte auf.

„Möchtest du meinen Schirm haben?“

„Dann werden Sie doch nass.“

„Du wirst jetzt schon nass.“

„Der Schirm gehört ja auch nicht mir.“

„Ich schenke ihn dir.“

„Aber dann werden Sie nass.“

„Ich kaufe mir einen neuen. In dem Laden hier.“

Kurz entschlossen marschierte er in den Laden, vor dem sie saß, und kaufte sich einen neuen Schirm. Braunkarierte Kunstfaser mit Holzgriff, ein billiges Ding, das aussah, als würde es beim nächsten Windstoß umklappen.

„Hier.“

Er gab ihr seinen Schirm, einen großen schwarzen Seidenschirm mit einem Griff aus Sterling-Silber. Ein edles Stück, das er von der Person geschenkt bekommen hatte, über die er nie sprach. An die er kaum denken konnte. Er überlegte es sich nicht zweimal, ob er den Schirm wirklich verschenken wollte. Allerdings zerbrach er sich lange den Kopf darüber, warum er es sich nicht zweimal überlegte. Das fand er interessant, und er fragte sich, ob seine Wunden nach der ganzen langen Zeit nun vielleicht doch verheilt waren. Aber dann dachte er an ihr Gesicht und ihren Geruch und wie sie sich angefühlt hatte, und sein Herz krampfte sich zusammen. Da wusste er, dass die Erinnerung an sie noch genauso schmerzte wie am ersten Tag. Nur verschenkte er ja nicht sie, sondern nur einen Schirm.

„Das ist Ihr Schirm."

„Na ja, eigentlich sind beides meine Schirme."

„Warum geben Sie mir nicht lieber den neuen?"

„Warum sollte ich?"

„Weil der andere Schirm viel zu fein für mich ist."

„Aber ich hab ihn dir angeboten."

„Aber ich nehme genauso gern den karierten."

„Nett von dir, aber ich bin ein Mensch, der zu seinem Wort steht."

Sie strich vorsichtig über den Silbergriff. In ihrer kleinen Hand wirkte er riesig.

„Wie heißt du eigentlich?"

Nach einer langen Pause antwortete sie:

„Judith."

Ein Zufall. Nur ein Zufall. Kein Zeichen. So etwas gab es nicht.

„Na, dann wünsche ich dir noch einen schönen Tag, J–“ Er brachte den Namen nicht über die Lippen. So weit war er noch lange nicht.

An diesem Tag argumentierte er vor Gericht, dass, wenn ihm seine Arbeit verboten würde, auch Hypnotiseure, Psychologen und alle alternativen Heiler ihre Praxen schließen müssten, und zwar aus denselben Gründen, die man gegen ihn ins Feld führte. Ausführlich stellte er die Freud'sche Theorie des Unterbewussten, der Verdrängung samt allen anderen Abwehrmechanismen, der Übertragung und letztlich die gesamte psychoanalytische Methode in Frage, und machte geltend, dass er doch nichts anderes – und schon gar nichts Schlimmeres – tat als all die von ihm erwähnten anerkannten Berufssparten und die Gedanken seiner Klienten ganz sicher nicht stärker beeinflusste als diese. Dass die Klage gegen ihn daraufhin tatsächlich abgewiesen wurde, erfuhr er allerdings erst am nächsten Tag.

An dem er erneut die Parliament Street entlangkam. Er hatte nicht vor, das Mädchen zu suchen – obwohl er die ganze Nacht an sie gedacht hatte –, nein, sein Weg zum Gericht führte ihn immer hier vorbei.

Er blieb neben ihr stehen. Sie blickte auf.

„Hast du deinen Schirm vergessen?“, fragte er.

„Meinen Sie Ihren Schirm?“

„Ich hab ihn dir geschenkt, also ist er nicht mehr mein Schirm.“

„Na ja, mir gehört er aber auch nicht mehr. Ich hab ihn verkauft.“

Offensichtlich tat es ihr nicht leid, und er fand das vollkommen in Ordnung.

„Sind Sie nicht sauer?“

„Ich hab dir den Schirm geschenkt, also gehört er dir, und du kannst damit machen, was du willst. Wie viel hast du für ihn gekriegt?“

„Einen Halfpenny.“

Er schüttelte den Kopf.

„Aber Sie sagten, ich könnte damit machen, was ich möchte“, sagte sie abwehrend.

„Er war viel mehr wert."

Sie zuckte die Achseln.

„Tja, aber ich hab grade einen Halfpenny gebraucht."

Sie braucht wesentlich mehr, dachte er.

„Du hast ja gar keine Tasse", stellte er fest.

„Keine was?"

„Keine Tasse. Zum Betteln."

„Ich bettle ja auch nicht."

„Was machst du dann?"

„Ich sitze einfach hier herum."

„Geben die Leute dir Geld?"

„Manchmal."

„Möchtest du für mich arbeiten?"

„Arbeiten? Was denn?"

„Büroarbeit. Post aufmachen, Briefe lesen, Termine vereinbaren, solche Dinge."

„Warum?"

„Wie meinst du das?"

„Warum bieten Sie mir Arbeit an?"

„Warum nicht?"

Sie zuckte die Achseln.

„Wenn du meinst, ich sollte dir lieber keine Arbeit anbieten, dann sei bitte so gut und sag mir den Grund."

Sie machte ein nachdenkliches Gesicht, dann musterte sie ihn noch einmal von oben bis unten. Allmählich begann er zu ahnen, wie ihr bisheriges Leben ausgesehen hatte. „Was muss ich dafür tun?", fragte sie argwöhnisch.

„Nichts. Nur das, was ich dir gerade gesagt habe."

Wieder betrachtete sie ihn lange und eindringlich. Auf einmal sah sie älter aus, und es kam ihm vor, als rufe sie in Gedanken Erinnerungen an früher ab – Erfahrungen, aus denen sie gelernt hatte, Entscheidungen zu treffen.

„Einverstanden."

Und so begann Judith, für ihn zu arbeiten. Anfangs hatte sie keine Ahnung, was er machte, aber sie lernte es schnell. Obwohl sie nie Fragen stellte. Sie wollte auch seine Maschine nicht benutzen, und dafür bewunderte er sie, denn er war ziemlich sicher, dass sie viele Erinnerungen hatte, die sie gerne verändert hätte. Sie stellte ihm keine Fragen, und er stellte ihr keine Fragen. Beide gingen einfach ihrer Arbeit nach, von einem Moment zum anderen. Judith richtete sich in seiner Küche ein, aber sie sprachen wenig miteinander. Sie öffnete die Post, und nach einer Weile merkte er, dass sie seine Art zu arbeiten ohne jede Erklärung gelernt hatte. Eines Abends, als sie bereits gegangen war, setzte er sich an den Tisch und sah die Briefe durch, die sie aussortiert hatte. Am nächsten Tag sprach er sie darauf an.

„Warum hast du diesem Mann keinen Termin gegeben?“, fragte er.

Er war nicht verärgert. Er war nie verärgert. Aber ihre Art zu denken interessierte ihn, und er spürte, dass ihm ihre Antwort wertvolle Einblicke geben würde. Das war ihm sogar wichtiger als eine Begründung, warum der Absender des Briefs keinen Termin bekommen hatte.

Ohne aufzublicken, hängte sie ihre zu große Jacke an den Haken und stellte ihre – neue – Handtasche auf dem Boden ab. Inzwischen sah sie auch viel gesünder aus.

„Ich glaube ihm nicht."

„Aber du weißt doch gar nicht, welchen Brief ich meine."

„Doch. Den von dem Mann, dessen Frau angeblich bei einem Verkehrsunfall ums Leben gekommen ist."

Er schluckte. „Ja, genau."

„Ich glaube ihm nicht."

Auf einmal hob sie den Blick und sah ihn so durchdringend an, dass er ein bisschen nervös wurde. Das war sehr ungewöhnlich für ihn, und das Gefühl war auch nicht sehr stark, aber dennoch unverkennbar. Kurzfristig aus der Fassung gebracht, wandte er die Augen ab. Falls sie es bemerkte, sagte sie nichts. Stattdessen schlug sie den großen Terminkalender auf, den er für sie gekauft hatte, und blätterte ihn ihm. Da er das Bedürfnis hatte, sein Unbehagen zu überspielen, deutete er auf einen anderen Brief, der auf dem gleichen Stapel lag.

„Und die Frau hier, was ist mit der?" Er sah, dass seine Hand leicht zitterte.

Sie seufzte.

„Wollen Sie mich jetzt jedes Mal ausfragen, wenn ich einen Brief ablehne? Denn wenn das der Fall sein sollte, sehe ich keinen Sinn darin, dass ich hier noch weiter arbeite. Dann könnten Sie genauso gut wieder alles allein erledigen."

Er nickte und stand auf. Vor dem ersten Termin des Tages kochte er immer Tee für sie beide – für Judith mit drei Stück Zucker und viel Milch, in einem Becher, nicht in einer Tasse mit Untertasse, wie er es bevorzugte. Außer ihrem gab es keinen einzigen Becher im Haus, er hatte ihn eigens für sie gekauft.

„Diese Frau schreibt eine Klatschkolumne", erklärte sie nach dem ersten Schluck.

„Ach wirklich?"

„Ich lese das natürlich nicht, aber ich habe ihre Seite mal gesehen. Sie ist so eine High-Society-Dame, macht alles nieder. Sie schreibt darüber, wer mit wem beim Nachmittagstee gesehen wurde. Deshalb dachte ich, die wollen Sie bestimmt nicht hierhaben."

Er nickte.

„Ich frage dich nicht mehr danach."

Judith arbeitete von acht Uhr morgens bis vier Uhr nachmittags. Sie stand kaum einmal auf, sah sich nicht um, wühlte keine Schubladen durch und hatte eigentlich nur Augen für den Terminkalender. Vor sich die Briefe und den Kalender, so saß sie am Tisch, als wäre das der trockenste Platz im Haus.

Es klingelte an der Tür. Auf der Schwelle stand ein junger Mann mit Anzug, dunklen Augenringen, ordentlichem Haarschnitt, so frisch rasiert, dass das Aftershave in Duftwolken von ihm aufstieg. Ein Bankangestellter oder Buchhalter. Irgendetwas mit Zahlen und geraden Linien jedenfalls. Er nahm seinen Filzhut ab, sah nach links, sah nach rechts, wiederholte beides, dann erst wagte er sich über die Schwelle. Wahrscheinlich wollte er nicht, dass jemand sah, wie er dieses Haus betrat.

Der Mann trat einen Schritt zurück und hieß seinen neuen Klienten willkommen.

„Ich bin Jack Collins", stellte dieser sich vor, mit einer Stimme, die ganz anders klang, als sein Verhalten es nahelegte.

„Ja", sagte der Mann nur, ließ die Tür offen und ging durch den Korridor voraus.

Doch sein Klient zögerte wieder, als müsste er noch einmal darüber nachdenken, ob er sich dieser Situation wirklich aussetzen wollte. Argwöhnisch betrachtete er den leeren Flur, die ausgetretenen, zum Teil rissigen und verblassten Fliesen, nahm den Schimmelgeruch wahr, den kein noch so scharfes Putzmittel vertreiben konnte, die kahlen Wände. Doch dann gab er sich einen Ruck.

Er folgte dem alten Mann in ein kleines Zimmer. Dort stand eine Maschine. *Die* Maschine. Außerdem waren da zwei alte Sessel und ein offener Kamin, in dem kein Feuer brannte. Es roch feucht. Und es war kalt.

„Setzen Sie sich doch bitte."

Erneut machte Jack Collins einen unentschlossenen Eindruck. Doch dann nahm er Platz und stellte seine Aktentasche neben sich auf den dünnen kalten Teppich. Er schaute sich um, wo er seinen Hut ablegen könnte, der alte Mann half ihm jedoch nicht. Schließlich hängte er den Hut an die Henkel seiner Aktentasche. Er öffnete den Knopf seines Jacketts, beugte sich vor und stützte die Ellbogen auf die Knie, als wollte er etwas aushandeln, von dem der Kamin nichts hören sollte. Vermutlich ein Handelsreisender, dachte der Mann.

„Na gut“, sagte Jack Collins.

„Jetzt befestige ich diese hier“, erklärte der Mann, ohne sich auf höfliches Geplänkel einzulassen, und brachte mit kleinen Saugnäpfen zwei Drähte an Jack Collins' Schläfen an und einen an seiner Stirn. Das innere Auge.

„Fangen Sie an“, sagte er dann, ohne seinem Klienten in die Augen zu schauen. Und wartete.

„Was soll ich tun?“

„Sie beschreiben die Erinnerung einfach, so gut Sie können. Farben, Gerüche, Geräusche, den Gesichtsausdruck der Leute um Sie herum. Und bitte sprechen Sie laut und deutlich.“

„Wie funktioniert das Gerät denn überhaupt?" Auf einmal machte er wieder einen Rückzieher, anscheinend verunsicherte ihn die Maschine. Der ganze Rummel, der um sie gemacht wurde.

Spielte es jemals eine Rolle, wie die Maschine funktionierte? In den Anfangsjahren hatte der Mann mit seinen Klienten viel darüber diskutiert. Aber das war im Grunde genauso sinnlos, als wollte man wissen, wie ein Radio funktionierte, bevor man es einschaltete. Oder als würde man erst in ein Automobil steigen, wenn man jedes Detail der Funktionsweise des Motors durchschaut hatte. Für das, worum es ging, spielte es absolut keine Rolle. „Möchten Sie, dass ich Ihnen erkläre, wie es funktioniert, oder möchten Sie, dass es funktioniert?"

Wieder zögerte Jack Collins. Er musterte den alten Mann. Er fand sein Verhalten seltsam, er hatte sich sowieso alles ganz anders vorgestellt. Und nun saß er hier in einem feuchten, schäbigen Zimmer, vor einer seltsamen alten Maschine und einem alten, wenig zuvorkommenden Mann.

Nicht gerade magisch, das Ganze. Aber dann überlegte er es sich noch einmal und kapitulierte.

Er räusperte sich.

„Ich war übers Wochenende weg", begann er. „Das habe ich jedenfalls meiner Frau erzählt."

Er wartete auf eine Reaktion. Aber es kam keine. Der Mann zuckte nicht mit der Wimper, reagierte nicht, urteilte nicht.

„In Wirklichkeit habe ich die Stadt nicht verlassen."

Wieder keine Reaktion. Jack Collins seufzte.

„Ich habe jemanden kennengelernt, das ist mir noch nie passiert, aber ich ..." Seine Stimme überschlug sich. „Jetzt kann ich nicht mehr schlafen. Und nicht mehr essen. Ich weiß, dass ich einen Riesenfehler gemacht habe. Aber ich kann auch nicht lügen, das geht überhaupt nicht. Jedes Mal, wenn meine Frau mich ansieht, bin ich sicher, dass sie Bescheid weiß. Sie fragt mich nach dem Wochenende, und ich werde ganz starr und bringe alles durcheinander. Ich möchte die Augen schließen und alles vergessen. Ich möchte mich so an das

Wochenende erinnern, wie es hätte sein sollen."

Es passierte häufig, dass ein Klient den alten Mann irrtümlicherweise für eine Art Therapeuten hielt. Aber mit Therapie hatte er nichts am Hut.

„Müssen Sie das wirklich alles wissen?", fragte Jack Collins mit Tränen in den Augen.

„Nein."

„Warum haben Sie mir das nicht gesagt?"

„Ich dachte, Sie kommen gleich zum Punkt. Erzählen Sie mir einfach die Erinnerungen."

„Die Erinnerungen, die ich im Kopf haben möchte?"

Der alte Mann nickte. „Und Sie wissen ja, dass die Maschine hier keine Erinnerungen löscht, sondern nur neue hinzufügt. Es gehört nicht zu meiner Arbeit, Gedächtniskarteien zu vernichten."

„Ja, das weiß ich."

Jack Collins nahm den Hut weg und zog eine Broschüre aus seiner Aktentasche.

„Da hätte ich sein sollen. Auf einer Verkaufstagung. In Kerry. Das hier ist das Hotel. Mein Zimmer. Das Hotel hat einen großen Park, mit Blick über Kenmare Bay. Da wäre ich spazieren gegangen. Ich gehe gern spazieren. Das Klima ist mild dort, es wachsen subtropische Pflanzen, sogar Eukalyptusbäume. Die Luft duftet süß und frisch." Er schluckte. „Das hat mir mein Kollege erzählt."

Der alte Mann signalisierte ihm weiterzumachen.

„Die Tagung hat in dem Hotel stattgefunden. Damit brauche ich keine Hilfe, die üblichen Konferenzräume. Aber es gab eine Exkursion, den Ring of Kerry entlang. Genau davon schwärmt meine Frau immer. Ich sollte mit ihr hinfahren, aber das geht jetzt natürlich nicht, denn sonst merkt sie ja, dass ich noch nie da war. Aber ich dachte, wenn ich jetzt hierherkomme ..." Er schaute den alten Mann an, brauchte Ermutigung, um weiterzumachen. Der Mann half ihm durch die Einzelheiten: wie die Wolken ihre Schatten auf die Hügel geworfen hatten, wie es geduftet hatte, frisch nach Eukalyptus, süßlich nach Rhabarber, salzig von der Meeresluft. Wie Jack die Sonne auf seinem Gesicht gespürt, wie sein Zimmer ausgesehen hatte, dass er dem Gepäckträger kein Trinkgeld geben konnte, weil er keine Münzen zur Hand gehabt hatte, dass sein Hemd ganz zerknittert war, als er es aus dem Koffer holte, dass er es in die Kleiderhülle hätte hängen sollen, wie seine Frau es ihm gesagt hatte. Sie sprachen darüber, wie er ihr und den Kindern Geschenke gekauft hatte, nicht in der Dubliner Grafton Street auf dem Heimweg von seinem Hotel in der Innenstadt, sondern auf dem Bahnhof, wo er auf seinen verspäteten Zug wartete. Wie er in einer Tagungspause aus Kerry zu Hause angerufen hatte, nicht aus dem Dubliner Hotelzimmer, als die andere kurz ins Bad gegangen war.

Als er fertig war, entfernte der Mann die Saugnäpfe von seiner Stirn und seinen Schläfen. Jack Collins blinzelte ein paarmal und sah ihn an.

„Mein Gott."

Der Mann stellte die Maschine ab. Sein Klient schien erleichtert, fröhlich, ja, fast ein bisschen übermütig.

„Das hat mir das Geld für die Reise gespart. Vielleicht hätte ich sagen sollen, dass ich auf den Fidschi-Inseln war."

Der alte Mann stand auf und begann mit der Abschiedsprozedur. „Ja, das wäre sicher eine schöne Reise gewesen. Schade, dass Sie die nicht gemacht haben."

Jacks Lächeln verblasste.

Sie nähern sich dem Tor des Parks. Aus der grünen Oase wieder hinaus in die steinerne Stadt, aber das stört ihn nicht. Es ist ein wunderschöner Tag. Der schönste Tag des Jahres vielleicht. Sie schlendern unter den Bäumen entlang, und hier im Schatten ist die Luft spürbar kühler. Sie fröstelt ein wenig, und er hält ihre Hand fester, als könnte er sie so wärmen. Er möchte, dass für sie immer alles perfekt ist, obwohl er natürlich weiß, dass das nicht geht. Er riecht das Moos, und seine Nase fängt wieder an zu jucken. Aber der Duft des feuchten Bodens, der kaum je einen Sonnenstrahl abbekommt, ist auch erfrischend, das stellen sie beide fest. Er tritt zur Seite und lässt sie durch das

Tor vorgehen. Sie bedankt sich und wartet, bis er wieder neben ihr ist. Sie sehen sich an. Machen sich bereit, sich für ein Weilchen zu trennen, und schon wird ihm flau im Magen, weil er seinen Traum verlassen und seinen Arbeitstag beginnen muss.

‚Danke für letzte Nacht', sagt sie leise. Auf einmal wirkt sie fast schüchtern, obwohl davon letzte Nacht absolut nichts zu spüren war. Das liebt er sehr an ihr, aber er sagt es ihr nicht, denn er möchte nicht, dass sie sich dann unbehaglich fühlt. Sie verabreden sich für den Abend. ‚Vielleicht zum Abendessen im Shelbourne?' ‚Ja, das wäre schön.' ‚Und danach früh ins Bett?' Sie lacht über seinen Vorschlag, und die Schüchternheit ist verflogen. ‚Aber gern, mein Liebster. Natürlich.'

„Ein untreuer Ehemann?", sagte der Mann zu Judith, als Jack Collins gegangen war.

Sie blickte nicht auf.

„Er liebt seine Frau." Ihre Stimme klang unbeteiligt, aber er wusste, dass ihr solche Dinge am Herzen lagen.

„Ja, das hat er gesagt." Der Mann seufzte.

„Haben Sie ihm nicht geglaubt?"

„Doch."

„Aber Sie fanden es nicht in Ordnung?"

Eigentlich wollte er gar nicht antworten. Es war nicht seine Art, Klienten zu beurteilen.

„Jeder hat eine zweite Chance verdient", sagte sie.

„Aber es gehört nicht zu meiner Arbeit, den Leuten beim Lügen zu helfen."

Jetzt hob sie die Augen. Und er sah den Zweifel in ihnen.

„Neue Erinnerungen zu schaffen ist nicht dasselbe wie Lügen", sagte er ein wenig zu heftig. „Dieser Termin war ein Fehler", fügte er etwas sanfter hinzu.

„Ja", räumte sie achselzuckend ein.

Später setzte er sich zu Judith an den Tisch. Sie aßen Käsebrote, und sie las dabei weiter die Briefe. Er beobachtete sie möglichst unauffällig, aber da sie nie das Gesicht verzog, konnte er nicht beurteilen, was sie dachte. Nach dem Lesen legte sie die Briefe auf zwei getrennte Stapel, aber sosehr er auch versuchte, ihre Entscheidung vorher zu erraten, er wurde nicht schlau aus ihr. Mit ausdruckslosem Gesicht verteilte sie die Briefe und biss zwischendurch von ihrem Käsebrot ab.

Lange saßen sie schweigend nebeneinander. Sie machten nie viele Worte, ein kurzes Gespräch wie das über Jack Collins reichte ihnen normalerweise, und auf einmal merkte der Mann, dass ihm Judiths Anwesenheit gefiel – ihm, der die letzten einundvierzig Jahre wie ein Einsiedler gelebt hatte. Jeden Morgen freute er sich auf ihre Ankunft, und wenn sie gegangen war, fühlte er sich … nun ja, wenn sie gegangen war, vermisste er sie. Dann war das Haus wieder leer. Ausgehöhlt wie ein alter Baum. Aber jetzt war er ständig voller Erwartung – dass jemand kam, dass etwas passierte. So etwas hatte er lange nicht mehr gespürt. Er hörte auf zu kauen und legte sein Brot weg.

Ohne ihn anzusehen, fragte sie: „Was ist?"

Dann riss sie den nächsten Umschlag auf.

Er sagte nichts.

Sie schaute unbehaglich.

„Ich versuche zu erraten, auf welchem Stapel die Briefe liegen, die dich wirklich berühren", erklärte er schließlich.

Sie merkte, dass er nur Spaß machte, und tippte mit dem Finger auf den linken Stapel. „Auf diesem hier."

Er lächelte. Er hätte es nicht erraten, aber er fühlte sich dennoch gut. Vielleicht fand sie ihn ja doch nicht nur langweilig. Er warf einen Blick auf seine Taschenuhr. Zwischen den Terminen ließ er immer eine Stunde Zeit, und er empfing pro Tag lediglich zwei Klienten, manchmal sogar nur einen, je nachdem, um was für eine Art von Erinnerungen es sich handelte. Nun ging er zurück zu seiner Maschine.

„Es ist fünfundzwanzig Jahre her, dass er gestorben ist“, begann Mrs de Lacey und wölbte den Hals wie ein Schwan. Die Haut über den Muskeln spannte sich, die Perlenkette schmiegte sich in die Halsmulde. Ganz offensichtlich versuchte sie, stark zu wirken, aber er spürte, wie es unter der Oberfläche brodelte.

„Ich erinnere mich an so vieles, was wir zusammen gemacht haben, was er gesagt hat, aber ...“ Auf einmal wurde sie unsicher, und ihre robuste Fassade bekam einen Knacks. Sie sank in sich zusammen, die Haut verlor ihre Spannung, die Schultern erschlafften, und sie begann zu schluchzen.

„Mummy!“ Ihre Tochter legte die Hand auf ihren Arm, überrascht und anscheinend peinlich berührt vom Gefühlsausbruch ihrer Mutter.

Er sagte nichts.

Unbehaglich, fast flehend sah die Tochter ihn an – als hätte er die Macht, den Tränenstrom zu stoppen.

„Aber sein Gesicht“, fuhr die Mutter schluchzend fort, und sie stieß die Worte hervor, als hätte sie keine Lust mehr, darauf Rücksicht zu nehmen, ob jemand sie hören wollte oder nicht, „sein Gesicht ist weg, ich kann es nicht mehr sehen, wenn ich die Augen schließe." Wie um es zu beweisen, schloss sie die Augen. „Ich sehe ihn nicht. Es funktioniert einfach nicht mehr."

„Mummy, was redest du denn da? Beruhige dich doch", drängte die Tochter mit hektisch geröteten Wangen.

„Es ist alles ganz verschwommen", fuhr ihre Mutter unbeirrt fort, während ihr die Tränen über die Wangen liefen. „Das heißt, ich kann ihn schon sehen, aber nicht von nahem, nicht deutlich, und er verändert sich dauernd. Das Alter wechselt ständig, der Gesichtsausdruck auch – ich kann einfach keine Erinnerung festhalten, keinen perfekten Moment."

Die Tochter wühlte in ihrer Handtasche.

„Hier, Mummy", sagte sie schließlich und drückte ihrer Mutter ein Taschentuch in die verkrampft geballte Faust. „Deine Nase", erklärte sie, ein bisschen abgestoßen.

„Ich weiß, wie seine Augen aussehen, ich kenne seinen Mund“, erklärte die Mutter und berührte mit einer sinnlichen Bewegung ihre Lippen. Schockiert wandte die Tochter den Blick ab. Das Verhalten ihrer Mutter wurde ihr immer peinlicher. „Aber ich kann ihn nicht ganz sehen. Es ist, als wäre ich zu nah an einem Bild, als müsste ich ein Stück zurücktreten, um es richtig zu erkennen.“

Sie kniff angespannt die Augen zusammen und riss sie gleich wieder auf, offensichtlich enttäuscht, weil sie es nicht geschafft hatte und ihr das Bild erneut entglitten war.

Zum ersten Mal sah sie den alten Mann direkt an. „Ich möchte mich an ihn erinnern können, sooft ich will. Er ist alles, was ich habe.“

„Mummy“, rief die Tochter, „du hast doch uns!“

„Ach, sei nicht albern, Lizzie, ihr streitet euch, wer dran ist, mich zum Lunch auszuführen. Aber ihn hab ich hier bei mir, hier oben, sonst nirgends“, beharrte sie und tippte sich mit dem Finger so heftig gegen die Schläfe, dass die Haut sich zusammenschob wie eine Zigarre beim Ausdrücken. „Und ich habe Angst, ihn ganz zu verlieren."

Lizzie räusperte sich. „Ich habe ein Foto von ihm."

Der Mann nahm es entgegen. Ein eindrucksvolles Schwarzweißbild von einem übergewichtigen Mann mit einem Monokel, der, die Hände auf dem Schoß gefaltet, kühl in die Kamera blickte. Hinter ihm hing ein ausgestopfter Hirschkopf an der Wand.

„Das ist unsere Jagdhütte", erklärte die Tochter stolz.

„Nein, nein, nein." Mrs de Lacey wedelte das Foto mit der Hand weg, als wollte sie eine Wespe verscheuchen. „Das ist nicht er."

„Mummy, das ist gemacht worden, nachdem man ihn zum Präsidenten des Kricket-Clubs ernannt hat. Das weiß ich noch genau. Schau doch mal auf sein Revers ..."

„Ich möchte mich nicht an ein dummes Foto vom Kricket-Club oder aus der Jagdhütte erinnern", fauchte ihre Mutter, und erneut wich die Tochter schockiert und sogar ein bisschen verletzt zurück. „Ich will mich so an ihn erinnern, wie er war, wenn ich frühmorgens die Augen aufgemacht und als Erstes ihn gesehen habe. Ich möchte mich an ihn erinnern, wie er war, wenn wir uns geliebt haben." Wieder schloss sie die Augen, und diesmal schien sie tatsächlich eine Erinnerung auszukosten.

„Mummy", mahnte die Tochter, aber es klang schon etwas sanfter, fast so, als würde sie ihre Mutter zum ersten Mal als Frau wahrnehmen.

„Ich möchte mich erinnern, wie er Ellis nach der Geburt zum ersten Mal im Arm gehalten, wie er mit den Kindern im Garten gespielt hat. Wie seine Nasenflügel gebebt haben, wenn er wütend war." Sie lachte. „Ich weiß all diese Dinge, aber wenn ich die Augen schließe, kann ich sie nicht mehr richtig vor mir sehen."

Der Mann brachte die kleinen Saugnäpfe an ihren Schläfen und an ihrer Stirn an, verband die Drähte mit der Maschine und stellte sie an.

„Wenn Sie mir das alles jetzt möglichst genau beschreiben, werden Sie es wieder sehen können."

Er lässt die Finger sanft durch ihre lockigen Haare gleiten, die so weich sind wie Samt. Er hört, wie jemand seinen Namen ruft. Ein Arbeitskollege kommt auf ihn zu und begrüßt ihn.

Als sie sich für später verabreden, ist er ein wenig abgelenkt. Sie küsst ihn zum Abschied, viel zu kurz, weil sie ihn nicht in Verlegenheit bringen will. Dann geht sie, und er wendet sich seinem Kollegen zu. Sie fangen an, über einen Fall zu diskutieren, der in der Kanzlei seit Monaten Ärger macht. Sie ruft noch einmal „Auf Wiedersehen!", aber er reagiert nicht darauf, weil er so ins Gespräch vertieft ist. Sie wird das verstehen, schließlich sehen sie sich ja bald wieder. Dann hört er ein Geräusch. Ein grausiges Geräusch, ein Geräusch, das er nie vergessen wird. Sein Kollege packt ihn am Arm, so fest, dass er die Fingernägel durch den Stoff seines Sommeranzugs spürt. Und er weiß, was passiert ist, aber er kann nicht hinschauen. Er möchte sich nicht für den Rest seines Lebens an diesen Anblick erinnern müssen, denn ihm ist klar, dass er ihn jeden Tag vor sich sehen wird. Im Wachen und im Schlafen. Jeden einzelnen Tag.

Als Judith am nächsten Morgen in sein Haus kam, hingen ihr die braunen Haare ins Gesicht. Sie hielt die Augen gesenkt, mied seinen Blick und drängte sich auf dem Flur an ihm vorbei, um möglichst schnell in der Küche zu verschwinden. Aber als sie zur Tür kam und den Tisch sah, blieb sie stehen. Zum ersten Mal, seit sie sich kannten, hatte er Frühstück gemacht, ein wahres Festmahl mit Würstchen, Eiern, Tomaten, Black Pudding, White Pudding und Pilzen in allen erdenklichen Größen. In der Mitte des Tischs war ein Ständer mit Toast und allen möglichen Aufstrichen. Kein Wunsch sollte offenbleiben.

Sie schwankte, und er stürzte zu ihr, um sie aufzufangen, aber sie streckte blitzschnell ihre kleine Hand aus der viel zu großen Jacke und hielt sich am Türrahmen fest. Und da sah er es. Ihr linkes Auge. Es war so angeschwollen, dass man es kaum noch erkennen konnte, die Haut drum herum veilchenblau. Als sie sein Gesicht und den Ausdruck in seinen Augen sah, drehte sie sich schnell weg. Wut durchflutete ihn. So wütend war er nicht mehr gewesen, seit er Judith verloren hatte. Seine Judith. Und nun diese Judith. Auch sie war seine Judith, das wurde ihm in diesem Moment klar. Er packte seinen Stock fester, bis die Fingerknöchel weiß wurden.

So vieles wollte er sagen – er wollte schreien, er wollte wissen, wer ihr das angetan hatte. So viele Fragen und Gefühle stiegen in ihm auf, dass er eine Minute brauchte, um zu entscheiden, womit er anfangen sollte. Wenn es das Falsche war, würde er sie nie wiedersehen, das war ihm klar. Sie war so zerbrechlich, ihre Gegenwart so kostbar, aber sie war leicht wie eine Feder, und der geringste Windhauch konnte sie davontragen. Er schaffte es, sich einigermaßen zu beruhigen. Die rote Wut verglühte, und jetzt spürte er ein Zittern in sich, ein Nachbeben. Er räusperte sich und wollte etwas sagen, aber sie hinderte ihn daran, einhaltgebietend schoss ihre kleine Hand in die Höhe. Dabei rutschte ihr Ärmel ein Stück hoch, und nun sah er auch die gelblich schwarzen Flecken auf ihrem Arm.

„Tu es nicht", sagte sie, und ihre Stimme war fester, als er sie je gehört hatte.

Er tat es nicht.

Er wusste, dass er es nicht tun würde.

Er wollte sie nicht verlieren.

„Frag mich nicht", sagte sie. „Und ich frag dich auch nicht, warum du das hier gemacht hast, ausgerechnet heute."

Auf einmal schämte er sich, aber er verstand und nickte, obwohl sie ihm den Rücken zuwandte und ihn nicht sehen konnte. Aber was sie gesagt hatte, war ja auch keine Frage gewesen, und sie erwartete keine Antwort von ihm.

So saßen sie dann am Tisch, aber seine fröhliche Stimmung war wie weggeblasen, und sie frühstückten schweigend. Sie aß nicht viel. Er auch nicht.

Dann traf der erste Klient ein. Ein Achtzehnjähriger, dessen Vater ihn verachtete, wie er sagte. Er wünschte sich Erinnerungen an gemeinsame Unternehmungen mit seinem Vater, damit er nicht mehr so traurig war, wenn er daran dachte, was er alles verpasste und schon verpasst hatte. Sein Vater auf der Fußballtribüne, der seinem Sohn bei einem Torschuss zujubelte. Sein Vater, der über einen Witz von ihm lächelte. Keine tiefen Gespräche, nichts Dramatisches, nichts Exotisches. Nur Erinnerungen an einen Vater, der da war. Anwesend und aufmerksam.

Der Mann hatte Angst, dass Judith am nächsten Tag nicht kommen würde, aber sie kam. Sie trug ein schlichtes Kleid wie immer, aber dieses hatte lange Ärmel und war hochgeschlossen, um zu verbergen, was er gesehen hatte. Aber es war zu spät. Er würde es für immer vor sich sehen, wenn er die Augen schloss.

Alles lief wieder wie in den Wochen zuvor, nur war es nicht mehr dasselbe, denn ihre Beziehung, ihre ungetrübte gemeinsame Existenz war nicht mehr dieselbe. Doch dann stand Judith eines Abends spät auf seiner Türschwelle, zusammengekrümmt, und hustete Blut, so viel, dass er nicht einmal sehen konnte, wo es herkam. Sie verbot ihm, die Polizei zu holen, sie wollte um keinen Preis ins Krankenhaus. Sie weigerte sich, sich von ihm beim Waschen helfen zu lassen. Sie bräuchte nur einen Unterschlupf. Sie schloss sich im Badezimmer ein und blieb eine Stunde lang dort, und nur weil er gelegentlich das Wasser laufen hörte, wusste er, dass sie noch lebte.

Als sie die Tür wieder öffnete, trug sie ein Hemd von ihm, ein riesiges, gestreiftes Hemd, in dem sie so verloren wirkte wie ein kleines Kind. Sie legte sich in sein Bett, und er schlief – oder schlief eher nicht – auf der Couch. Sie sprachen nicht miteinander, obwohl er es fast nicht aushielt. Erst ein paar Tage später kam sie zu ihm und fragte: „Können wir reden?"

„Natürlich. Aber ich habe gleich noch eine Klientin. Möchtest du so lange in der Küche warten?"

„Die Klientin bin ich." Sie setzte sich vor ihn in den Sessel.

Er erstarrte.

„Ich werde dir nichts erzählen", sagte sie.

„In Ordnung."

„Ich weiß, du bist kein Therapeut. Ich weiß, dass du es hasst, wenn Leute dir etwas über sich selbst erzählen."

„Bei dir ist es etwas anderes."

Sie lächelte traurig. „Na gut, hier ist meine Erinnerung. Die Erinnerung, die ich mir wünsche. Der Tag, an dem ich hier angekommen bin."

Er wusste genau, welchen Tag sie meinte.

„Du öffnest die Tür, und du bist fröhlicher, als ich dich je zuvor gesehen habe. Ich bin fasziniert, und ich lächle auch, denn deine Fröhlichkeit ist ansteckend. Und du freust dich, mich lächeln zu sehen. Guten Morgen, Judith, sagst du. Ich heiße Mary, antworte ich."

Aufmerksam sah sie ihn an, und in ihren Augen schimmerten Tränen.

Mary, dachte er, was für ein wunderschöner Name.

„Mary, sagst du, das ist ein wunderschöner Name. Danke, antworte ich. Dann führst du mich den Korridor hinunter, nimmst meine Jacke, denn du bist ja ein vollkommener Gentleman, und zeigst mir die Küche. Als du die Tür aufmachst, schlägt mir der Duft entgegen. Vor mir steht der schönste gedeckte Tisch, den ich je gesehen habe. So etwas hat noch nie jemand für mich getan.

Ich drehe mich zu dir um und bedanke mich. Und ich sage dir, dass ich noch nie so etwas Köstliches gerochen und noch nie so einen schönen Tisch gesehen habe und dass noch nie jemand so für mich gesorgt hat.

Und du freust dich sehr darüber.

Wir setzen uns an den Tisch und essen. Ich probiere von allem etwas, weil es so gut schmeckt, und ich möchte, dass du weißt, wie dankbar ich bin, wie sehr ich es zu schätzen weiß, dass du so etwas für mich getan hast. Und ich sage dir, dass es das tollste Essen ist, das ich je gegessen habe.

Und du freust dich sehr.

Dann liest du die Zeitung, und wir reden über die Nachrichten des Tages. Ich lasse mir alles von dir erklären, nicht weil es mich so brennend interessiert, sondern weil ich deine Stimme hören will. Weil ich den Klang deiner Stimme liebe. Weil ich mich so sicher und geborgen fühle, wenn ich sie höre. So sicher und geborgen wie sonst nie in meinem ganzen Leben."

Seine Augen füllten sich mit Tränen.

„Als ich dir das sage, musst du beinahe weinen. Dann frage ich dich nach der Maschine und wie du sie erfunden hast. Aber ich frage nicht, warum, obwohl ich das schon immer gern gewusst hätte. Ich meine, ich kann es mir vorstellen, ich habe Geschichten darüber gehört, aber die glaube ich alle nicht. Ich frage nicht, warum, weil ich es inzwischen verstehe. Weil ich weiß, warum. Weil ich weiß, wie ein Augenblick vergeht – ein Augenblick, in dem man einem Menschen etwas sagen oder irgendetwas tun möchte, und dann passiert etwas, und man tut es nicht, und später könnte man platzen vor Wut und Traurigkeit, weil man es nicht getan hat. Und ich weiß, dass du dich ärgerst, wenn Leute hier reinkommen und versuchen, irgendwelche dummen Erinnerungen zu produzieren – dass sie einen Weltrekord aufstellen oder ihre Frau mit hübscheren Frauen betrügen. Denn darum geht es nicht. Es geht darum, aus einem Augenblick wieder das zu machen, was er hätte sein sollen, wenn man nicht abgelenkt worden oder wenn man nicht so ein Feigling gewesen wäre oder wenn man gewusst hätte, dass dieser verlorene Moment der einzige war, in dem man das hätte sagen oder tun können, was man wollte.

Aber ich sage es nicht, weil du weißt, dass ich es weiß. Wir reden über deine Termine. Wir essen Käsebrote. Bevor ich gehe, danke ich dir für alles, was du für mich getan hast. Ich umarme dich, und es ist die wärmste, weichste – geborgenste – Umarmung, die ich je gespürt habe, und ich weiß, dass du mich immer beschützen wirst."

Er nickte.

„Und dann gehe ich nach Hause. Ich bin glücklich. Und du schaust mir nach. Du bist auch glücklich. Denn wir wissen beide, dass alles gut wird für uns."

Sie hielt inne, und die Tränen strömten ihnen beiden übers Gesicht. Sie nahm die Drähte von ihrem Kopf, stand auf, nahm ihre Tasche und ihre Jacke und ging. Mit einem leisen Klicken fiel die Tür hinter ihr ins Schloss. Noch lange starrte er auf die Stelle, wo ihre Stiefel die Metalltreppe zum Gehweg hinaufgegangen waren. Aber er hörte nur die Maschine. Und er wusste, dass er sie nie wiedersehen würde.

Dann befestigte er die kleinen Saugnäpfe mit den Drähten an seinen Schläfen und seiner Stirn.

Er lässt die Finger sanft durch ihre lockigen Haare gleiten, die so weich sind wie Samt. Er hört, wie jemand seinen Namen ruft. Ein Arbeitskollege kommt auf ihn zu und begrüßt ihn.

Als sie sich für später verabreden, ist er ein wenig abgelenkt. Sie küsst ihn zum Abschied, viel zu kurz, weil sie ihn nicht in Verlegenheit bringen will. Dann geht sie, und er wendet sich seinem Kollegen zu. Sie fangen an, über einen Fall zu diskutieren, der in der Kanzlei seit Monaten Ärger macht. Sie dreht sich noch einmal um und ruft: „Auf Wiedersehen!“, und er ist zwar ins Gespräch vertieft, aber er sagt seinem Kollegen, es tue ihm leid, er brauche einen Moment, um sich richtig von ihr zu verabschieden. Der Kollege wundert sich ein bisschen, wartet aber geduldig. Er schaut sich zu ihr um, ihre Blicke treffen sich, sie lächelt ihm zu, und er lächelt zurück. Eine letzte Bekräftigung ihrer Liebe.

Dann hört er ein Geräusch. Ein grausiges Geräusch, ein Geräusch, das er nie vergessen wird. Sein Kollege packt ihn am Arm, so fest, dass er die

Fingernägel durch den Stoff seines Sommeranzugs spürt. Und er weiß, was passiert ist, aber er kann nicht hinschauen. Er möchte sich nicht für den Rest seines Lebens an diesen Anblick erinnern müssen, denn ihm ist klar, dass er ihn jeden Tag vor sich sehen wird. Im Wachen und im Schlafen. Jeden einzelnen Tag.

Es ist nicht die Erinnerung, die er ändern muss, sie war schon beinahe vollkommen. Bis zu diesem einen Augenblick war es der schönste Tag seines Lebens. Aber Mary hat recht: Das, was er bereut, das, womit er in seinem Innern hadert – das ist es, was ihn zwingt, diesen schrecklichen Augenblick immer wieder zu durchleben, tausendmal am Tag. Wenn er doch nur aufgeschaut hätte, als sie ihn gerufen hat. Dann hätten sie einander zugelächelt, und sie hätte ein letztes Mal gesehen, wie sehr er sie liebt. Die Kutsche hätte sie trotzdem überfahren. Das Pferd hatte wegen irgendetwas gescheut.

Er kann nichts ändern, keine Einzelheit, die an diesem Tag auf diesem Platz geschehen ist. Er kann sie in seinen Gedanken nicht wieder zum Leben erwecken, das wäre unsinnig. Aber dieser letzte Blick – das ist es, was er ändern möchte. Es war der einzige Fehler, den sie an diesem Tag gemacht haben. Der Unfall … dafür war ein anderer verantwortlich. Aber wenn er sie angeschaut hätte, dann wäre der Tag für sie beide vollkommen gewesen – bis zu diesem Moment.

Er stellt die Maschine ab. Das Summen verhallt.

Und alles wird still.

„Manchmal habe ich
schon vor dem Frühstück
bis zu sechs unmögliche
Dinge geglaubt."

Die Weiße Königin
in *Alice hinter den Spiegeln*

Das Mädchen im Spiegel

Juli 1992

„Grellie, Grellie, ich bin da!“ Lila klopfte aufgeregt an die Tür. Weil sie von einem Bein auf das andere hüpfte, rutschte ein weißer Baumwollkniestrumpf herunter wie ein betrunkener Feuerwehrmann an der Stange und kitzelte sie, bis er schließlich schlaff um ihren Knöchel hing. Sie zupfte ihren Schlüpfer zurecht, pustete fliegende Haare weg, die an ihren feuchten Lippen klebten, und pochte weiter an die Tür, obwohl ihre Fingergelenke schon gerötet waren.

„Warum nennst du sie Grellie?“ Das kleine Mädchen neben ihr meldete sich endlich zu Wort. Ihre Stimme klang vor der riesigen Haustür winzig klein. Als sie das bemerkte, trat sie sicherheitshalber etwas näher an Lila heran. Zum Schutz, auch wenn sie nicht genau wusste, wovor.

Der Vorgarten, durch den sie gegangen waren, sah aus wie ein Dschungel, denn er war verwildert und ungepflegt und ganz anders als der Garten bei Sarah zu Hause. Dort kam nämlich alle zwei Wochen der Gärtner und richtete alles makellos ordentlich her, und wenn er sie am Fenster sah, zwinkerte er ihr immer zu. Sobald sie alt genug war, würde sie ihn heiraten. Doch dieser Garten war ganz anders. Ihr war, als wäre sie für immer verloren, falls sie versehentlich neben eine der wahllos verteilten Steinplatten trat, die zur Haustür führten. Dichte, duftende Wildblumen reckten sich über sie, als müssten sie sich ihren Platz erkämpfen, und schienen neugierig ins Haus zu blicken. Die Äste der

Bäume verbogen und verrenkten sich in so absonderlichen Winkeln, dass Sarah schauderte.

„Grellie!“ Wieder klopfte Lila ungeduldig.

„Hör auf, sie so zu nennen“, sagte Sarah ängstlich. „Warum nennt du sie immer so?“

Daraufhin nahm sich Lila endlich zusammen, hörte auf zu zappeln und blickte Sarah neugierig an. Sie schien sich verteidigen zu wollen, und ihre Augen wurden schmal. „Das ist meine Großmutter Ellie. Also nenne ich sie Grellie.“

„Oh. Vielleicht ist sie gar nicht da. Vielleicht gehen wir einfach wieder.“

Sarah war froh, nicht länger bleiben zu müssen, drehte sich eilig um und wollte gerade auf die erste bemooste Steinplatte treten, als ihr Puls sich wieder beschleunigte. Sie hörte, wie der Riegel der riesigen Tür zurückgeschoben wurde, und dann knarrte etwas so laut, als hätten sie einen Riesen aus hundertjährigem Schlaf geweckt.

„Grellie“, schrie Lila aufgeregt, und Sarah verabschiedete sich im Stillen vorläufig vom Gartentor.

Eine ergraute Frau nahm Lila liebevoll in die

Arme. Ihr Haar war vorn ganz weiß und hinten zu einem Knoten aufgesteckt. Sie hatte einen Stock in der Hand, den sie hinter Lilas Rücken hielt, als sie das Mädchen an sich drückte. Wie liebevoll diese Umarmung wirkte. So herzlich. Sarah beruhigte sich ein wenig.

„Was bist du doch heute für ein ungeduldiges kleines Ding!" Ellie lachte und löste sich von ihrer Enkelin. „Ich war ganz hinten im Garten beim Jäten und konnte dich bis dorthin hören."

„Ich dachte, du bist nicht da, ich dachte, du hast es vergessen", sagte Lila atemlos.

„Aber natürlich nicht. Wie könnte ich vergessen, dass ich heute deine beste Freundin kennenlernen soll. Ich freue mich schon den ganzen Tag darauf."

Sarah lächelte und wurde rot.

Ellies Stimme klang hart, und sie sprach, als hätte sie etwas im Hals, als säße dort etwas fest.

Sarah konnte nicht anders, sie musste einfach auf dieses Etwas lauschen, das dort saß, und dann räusperte sie sich.

Ellie sah sie unverwandt an. Sarah lächelte.

„Das ist Sarah", sagte Lila stolz. „Sarah, das ist Grellie."

Nun wusste Sarah nicht, ob sie lächeln sollte oder nicht. Doch sie lächelte weiter.

„Tag", sagte sie, und ihre Stimme klang wieder winzig klein.

„Hallo Sarah, herzlich willkommen. Kommt doch herein und schaut euch an, was ich für euch gemacht habe." Ellie drehte sich um und ging ins Haus, und Lila verschwand aufgeregt hüpfend mit ihr.

„Hast du deine Törtchen gemacht? Die mit dem rosa Zuckerguss? Mit Marshmallows drauf? Hast du die gemacht? Hast du deine Erdbeermarmelade gemacht? Ich habe Sarah erzählt, dass du sie selbst machst, und das hat sie mir nicht geglaubt. Hast du welche für die Scones gemacht? Sind die Scones mit Obst? Dann hätte ich nämlich gern Sahne dazu."

Lila plapperte ausgelassen und überdreht immer weiter, während Sarah draußen vor der Haustür stand und der Brandung lauschte, die unten an die steilen Klippen schlug. Es war ein schöner, sonniger Tag. Es war Juli, und alle waren ganz aufgeregt gewesen, weil es Sommerferien gegeben hatte. Der Unterricht war ins Freie verlegt worden, aber sie hatten nur eine Geschichte gelesen und dann auf dem Rasen ein Fest gefeiert. Als sie sich dann auf den Weg zu Ellie gemacht hatten, waren alle Autos mit offenen Fenstern gefahren, und Sarah hatte die Musik und die Stimmen gehört, die daraus hervordrangen und am Himmel verschmolzen und die Vögel verwirrten, die dort vorüberflogen.

Aber hier war alles anders. Hier war es kalt.

Sarah blickte noch einmal zum Gartentor, das sie ein wenig offen gelassen hatte. Weit genug für eine gelbbraune Katze, die sich gerade hindurchschob. Die Katze hielt inne, als hätte sie Sarahs Blick gespürt, machte einen Buckel und sah sie an. So standen beide eine Weile da.

„Sarah, wo bist du?"

Sofort nahm Sarah Haltung an.

„Da bist du ja." Lila erschien an der Haustür. „Was machst du denn?"

„Ich habe nur …" Sag es ihr, sag ihr, dass du gehen willst.

„Oh, da ist ja Gingersnap. Grellie!“, schrie Lila, so laut sie konnte.

„Ich bin nicht taub, Liebes!“, rief Grellie daraufhin.

„Gingersnap ist wieder da!“

Sarah hörte, dass Grellie etwas rief, verstand es aber nicht. Und sie hörte dieses Etwas in ihrer Kehle.

Sie räusperte sich noch einmal.

„Komm, das musst du unbedingt sehen“, sagte Lila mit leuchtenden Augen.

Als Lila sie an die Hand nahm, fühlte sich Sarah schon viel wohler.

Lila zog Sarah ins Haus, und beide lachten, weil Sarah sich so mitschleppen ließ. Die Diele war sehr groß. Bei ihrem Anblick blieb Sarah wie angewurzelt stehen, so dass auch Lila innehalten musste. Sie blickte sich um. Es gab in der Diele einen Kamin. Und einen Kronleuchter. Er war ganz verstaubt, und hier und da zogen sich von einem Kandelaber zum nächsten Spinnennetze, die schimmerten, wenn Sonnenlicht darauffiel. Die Dielenbretter mussten früher einmal auf Hochglanz gebohnert gewesen sein, doch nun waren sie abgenutzt und uneben und knarrten, selbst wenn man auf Zehenspitzen ging. Dicht an den Wänden konnte man noch erkennen, wie sie einmal ausgesehen hatten, denn dort gab es noch eine Art gebohnerten Rand. Auf dem Kaminsims aus dunklem Holz standen zwei Kerzenleuchter. Es waren keine Kerzen darin. Und darüber war ein schwarzes Tuch über einen Gegenstand drapiert, von dem man nur den Messingrahmen sah.

„Was ist auf dem Bild?", fragte Sarah, die inzwischen wieder unsicher war.

„Auf welchem Bild?", fragte Lila verwirrt.

„Da, über dem Kamin."

„Das ist kein Bild, das ist ein schwarzes Tuch", sagte Lila, als wäre Sarah nicht ganz bei Trost.

„Und was ist unter dem Tuch?"

Lila packte Sarahs Hand und zog sie weiter. „Ein Spiegel. Grellie mag keine Spiegel. Komm, ich zeige dir das Haus. Hier können wir jede Menge Abenteuer erleben."

Lila führte Sarah voller Aufregung herum, riss überall Türen auf und verkündete jedes Mal, welchen Sinn und Zweck das betreffende Zimmer hatte und welche Abenteuer es versprach, und wenn sie die Tür dann rasch wieder geschlossen hatte, eilte sie mit Sarah im Schlepptau weiter zur nächsten.

Das Haus war tatsächlich so prachtvoll, wie Lila versprochen hatte, denn es gab hohe Decken, Fenster, die bis zum Boden reichten, allerhand Nippes und allerhand Verstecke. Und es gab viele dunkle Ecken, was Lila nicht zu bemerken schien. Für sie war das Haus voller Farben, voller Vergnügen, Geheimnisse und Erinnerungen. Doch wo Lila Licht sah, sah Sarah Schatten, und wo Lila Wärme spürte, fröstelte sie. In jedem Zimmer, das Sarah sah, war es kälter als in dem zuvor. Und in jedem Zimmer waren ganze Wände oder Teile davon mit schwarzen Tüchern verdeckt. Sie hingen an den Wänden und grinsten ihr entgegen wie der Sensenmann.

Sie stürmten an einer Tür vorbei, die Lila ausnahmsweise nicht aufriss.

„Was ist da drin?“, fragte Sarah.

Lila blieb stehen. „Oh." Sie beugte sich über das Treppengeländer und blickte nach unten, um zu sehen, ob Grellie in der Nähe war. Doch sie konnten in der Küche Teller klappern hören. „Da darf ich nicht rein, aber ich zeige es dir trotzdem."

„Nein, schon gut. Ich will gar nicht rein, wenn du das nicht darfst."

„Ich zeige es dir." Lila lächelte. „Ist nichts Besonderes. Nur ein Zimmer, das nicht benutzt wird."

„Warum darfst du dann nicht rein?"

Lila zuckte mit den Schultern. „Ich habe nie gefragt, aber ich war schon hundertmal drin."

Lila reckte sich, nahm den Schlüssel vom Türrahmen, wo er versteckt war, schob ihn ins Schlüsselloch und drehte ihn. Sarahs Herz raste, und sie sah sich um, weil sie erwartete, dass Grellie jeden Moment neben ihnen stehen würde, obwohl sie unten zu hören war.

„Nein, Lila, nicht. Ich will keinen Ärger haben."

„Wir kriegen keinen Ärger", flüsterte Lila.

Als Lila die schwere Tür öffnete, rechnete Sarah damit, dass etwas sie anspringen würde, doch nichts geschah. Gar nichts. Das Zimmer sah langweilig aus. Ein Doppelbett, in gebrochenem Weiß bezogen, zwei Nachtschränkchen, ein Kamin. Doch beherrscht wurde das Zimmer von einem hohen, frei stehenden Spiegel, der von oben bis unten schwarz verhängt war.

Sarah schluckte. Der Spiegel war nicht das größte Stück im Zimmer, aber so eindrucksvoll, dass es nur aus ihm zu bestehen schien.

„Gehen wir rein", flüsterte Lila.

„Nein." Sarah zog sie zurück. Sie versuchte, das Entsetzen in ihrer Stimme zu verbergen, und setzte ein schiefes Lächeln auf. „Ich möchte jetzt diese leckeren Törtchen sehen, von denen du erzählt hast."

Lila strahlte, als hätte sie die Törtchen ganz vergessen. Sie schloss die Tür ab, und als beide nach unten stürmten, meinten sie, durch Dutzende Zimmer zu laufen, bis sie endlich im Wintergarten angekommen waren. Stolz zeigte Lila ihr die Leckereien. Sie hatte nicht übertrieben. Der Tisch bog sich unter Törtchen, Keksen, Scones und Kuchen, und nach den Töpfen und Pfannen zu urteilen, die sich in der Spüle türmten, war alles selbstgemacht. Obst quoll aus mehreren Schalen auf den Tisch, und in den kleinen Gefäßen, die überall auf dem Tisch verteilt waren, breiteten sich träge Sahnekleckse aus. Krüge mit Saft und Limonade, ohne Zweifel ebenfalls hausgemacht.

Doch um diesen schönen Anblick herum versuchte der Garten, ins Haus zu dringen, er streckte seine Äste wie Arme aus und seine Zweige wie Klauen, die an der Scheibe kratzten, wie Zombies in einem schlechten Spätfilm. Die Blumen mit den schönen, bunten Gesichtern sahen gespenstisch aus, geradezu böse, wie sie von draußen die Leckereien anstarrten, Sarah anstarrten, sie alle anstarrten, wie sie alles beobachteten und darauf warteten, dass etwas geschah. Sarah begriff nicht, wie und wo Ellie gejätet haben mochte. Sie konnte sich nicht erklären, wie sie auch nur einen Schritt aus dem Haus getreten war.

„Na? Was sagst du?“, fragte Lila.

Ellie stand neben dem Tisch und hielt ihren

Stock in der Hand, dessen Spitze sich in einen Riss in den Terrakottafliesen bohrte.

In diesem Raum klang Sarahs Stimme noch kleiner, als sie schließlich sagte: „Ich möchte jetzt nach Hause."

„Was?", fragte Lila erschrocken. „Warum?"

Sarah ging nicht auf Lila ein und sah Ellie an. „Ich möchte jetzt bitte nach Hause", wiederholte sie höflich.

„Ich rufe deine Mutter an", sagte Ellie gelassen, als hätte sie nichts anderes erwartet.

„Warum denn?" Lila blickte zwischen Ellie und Sarah hin und her, als gäbe es etwas, das die beiden wussten und sie nicht. „Bist du krank? Magst du keine Törtchen? Du musst keine essen."

„Komm, Lila", sagte Ellie sanft. „Bedränge Sarah nicht so. Du möchtest sicher am Tor auf deine Mutter warten?"

Am Tor. Das immer noch ein Stückchen offen stand. Sarah konnte es gar nicht erwarten, endlich hindurchzugehen.

Sarah nickte, doch dann erinnerte sie sich an ihre Manieren. „Ja, gern."

Wenig später saßen Lila und Sarah nebeneinander auf der Mauer, baumelten mit den Beinen und ließen die Hacken gegen die bröckelnden Ziegel prallen. Keine sagte ein Wort, bis endlich das Auto von Sarahs Mutter zu sehen war.

„Danke für die Einladung", sagte Sarah höflich. Sie war erleichtert.

„Es hat dir keinen Spaß gemacht. Du warst nur ganz kurz da. Ich konnte dir nicht mal mein Versteck hinten im Garten zeigen."

Sarah schauderte. Sie sprang von der Mauer, als das Auto vor ihnen hielt, und umarmte Lila liebevoll.

„Sehen wir uns im Sommer mal?", fragte Lila.

Sarah nickte.

Doch sie würden sich nicht sehen.

Sarah winkte ihrer Freundin vom Beifahrersitz aus zu und gab acht, nicht zum Haus zurückzublicken. So etwas brachte Unglück, das wusste sie.

„Was war denn, Schätzchen, habt ihr euch gestritten?", fragte ihre Mutter.

Sarah schüttelte den Kopf.

„Ist dir nicht gut?“

Wieder schüttelte sie den Kopf.

Die Mutter fühlte ihr die Stirn. „Heiß bist du nicht.“

„Nein.“

„Ist etwas passiert?“ Ihre Mutter fragte nun eindringlicher, und Sarah wusste, dass sie es ihr erklären musste, sonst würde es ewig so weitergehen. Sie würde sogar ihren Vater in ihr Zimmer schicken, wenn er von der Arbeit kam, damit er sie ausfragte, auf diese verdrehte, indirekte Weise, die sie immer so durchschaubar fand, auch wenn die Eltern dachten, dass Sarah nicht wusste, was sie im Schilde führten.

Also sagte sie es.

„Da waren alle Spiegel mit schwarzen Tüchern verhängt. Jeder einzelne Spiegel in jedem einzelnen Zimmer. Überall schwarze Tücher.“

Die Mutter schwieg. Überlegte.

„Wurde denn gerade renoviert?“

Sarah schüttelte den Kopf. „Lila hat gesagt, ihre

Großmutter mag keine Spiegel."

Ihre Mutter schwieg, doch dann tat sie munter und sagte: „Tja, da haben wir's, die Großmutter mag eben keine Spiegel. Jeder hat seine Vorlieben, Sarah, das wirst du im Lauf des Lebens lernen. Es leuchtet einem nicht immer ein, aber so ist es nun mal."

„Warum mag sie die denn nicht?"

„Vielleicht sieht sie sich selbst nicht gern, Schätzchen. Manche Leute sind eben so."

„Mama, daran kann es aber nicht liegen."

„Warum nicht?"

„Weil die Großmutter blind ist." Sarah dämpfte ihre Stimme und flüsterte, obwohl das Haus schon weit hinter ihnen lag. „Sie hat gar keine Augen."

Lila wusste nicht, warum ihre Grellie keine Spiegel mochte. Sie wuchs einfach mit dem Wissen auf, dass es so war, genau wie sie wusste, dass ihr Vater keinen Zucker im Tee haben wollte und dass ihre

Mutter es nicht ertrug, im Kino oder im Theater mitten in einer Reihe zu sitzen. Sie wusste nicht, warum ihr Vater süßen Tee nicht mochte und warum ihre Mutter an einer leichten Klaustrophobie litt, sie wusste nur, dass es so war, und das genügte ihr.

Grellie sagte immer nur: „Es war der Preis der Freiheit." Niemand hatte das verstanden, und das Rätsel war damit nicht gelöst. Also wusste Lila nicht, warum es so war, doch sie dachte sich auch nichts dabei. Dann waren die Spiegel eben schwarz verhängt, und es war in den Zimmern dunkler als bei den meisten anderen Leuten. Es störte sie nicht, dass sie nicht wusste, warum ihr Vater keinen Zucker in den Tee nahm und warum ihre Mutter jedes Mal glaubte, dass die Wände näher rückten, wenn sie in der Mitte einer Reihe saß. Auch wenn Sarah das Haus überstürzt verlassen hatte und Lila anschließend in der Schule immer wieder Gerüchte über ihre komische blinde Großmutter hörte, die sich vor Spiegeln fürchtete und allein in einem Haus auf den Klippen wohnte – sie konnte damit leben, nichts darüber zu wissen und sich nicht darum zu kümmern.

Und doch.

Sie hätte fragen sollen.

Juli 2010

„Hör auf, mich anzurufen." Lila lachte in ihr Handy. „Wenn man miteinander spricht, bringt das Unglück oder so."

„Es bringt Unglück, wenn man sich sieht, aber das ist auch kompletter Blödsinn", antwortete Jeremy. „Ich habe gerade angefangen, mir Gedanken zu machen, ob du auch kommst. Du bist nicht ans Telefon gegangen."

„Ich bin nicht ans Telefon gegangen, weil ich wusste, dass du es bist und dass das Unglück bringt. Natürlich komme ich, und jetzt hör bitte auf, dir Gedanken zu machen."

„Es bringt kein Unglück, und ich habe mir nur Gedanken gemacht, weil du nicht ans Telefon gegangen bist."

Beide lachten.

„Bleib mal dran, ich bin auf dem Weg zu Grellie und muss mich konzentrieren. Ich stelle dich auf Freisprechen."

„Ist noch jemand bei dir im Auto?"

„Nur ich und das Kleid.“

„Hallo Kleid, ich kann es gar nicht erwarten, dass du heute Nacht im Hotelzimmer auf dem Boden liegst.“

Lila lachte. „Es war so teuer, dass ich es nie wieder ausziehen werde. Jetzt muss ich aber fahren, ich bin am Bishop's Gap.“

„Na, dann viel Spaß.“ Jerry scherzte über das steile Gelände auf dem Weg zu Grellies Haus, wie es alle ständig taten. „Aber eine Sache noch. Hol erst mal tief Luft.“

Lila stöhnte vorsorglich auf.

„Der Mann vom Hotel hat angerufen. Er meint, der Ballsaal würde erlesener aussehen – das hat er gesagt, nicht ich –, wenn die Spiegel so bleiben, wie sie sind.“

„Nein. Jetzt habe ich so viel Geld für schwarzen Stoff ausgegeben, jetzt will ich sie auch verhängen. Und in ihrem Zimmer? Will er den Stoff da auch herunternehmen?“

„Nein, das Zimmer findet er so in Ordnung, es geht nur um den Ballsaal. Er möchte, dass die Gäste den Raum richtig sehen."

„Mensch, es ist meine Hochzeit und nicht seine."

Schweigen. Aber nicht lange.

„Liebling … sie merkt es doch gar nicht."

„Jeremy."

„Tut mir leid."

„Ich fasse es nicht, dass du das gesagt hast."

„Ich weiß, ich nehme es zurück. Tut mir leid."

„Wenn das nämlich so ist, dann sorge ich dafür, dass im Menü wieder Ziegenkäse vorkommt, damit deine Mutter von ihrer eingebildeten Allergie geheilt wird." Lila schäumte.

„Lila. Reg dich ab. Ich habe gesagt, es tut mir leid. Ich weiß. Ich verstehe das alles vollkommen, und ich liebe Grellie genauso abgöttisch wie du. Ich wollte nur eine dumme Situation positiv sehen."

„Das ist keine dumme Situation. Ruf ihn an und sag ihm, dass er die Vorhänge aufhängen soll, sonst tue ich es selbst."

„Gut, wird gemacht, aber jetzt reg dich ab und konzentrier dich auf diese Straße."

Lila versuchte sich zu beruhigen, wartete, dass ihr kochender Zorn abkühlte.

„In zwei Stunden bist du meine Frau“, sagte er, und sie konnte das Lächeln in seiner Stimme hören.

„Dann kann ich mein wahres Gesicht zeigen, weil ich mir endlich einen Mann geangelt habe, und muss mich nicht mehr wie eine Heilige benehmen“, sagte sie boshaft.

Er lachte. „Sprach da jetzt gerade die Heilige?“

Sie lächelte und betrachtete sich im Rückspiegel. Sie sah glücklich aus. Sie war glücklich. So glücklich wie nie zuvor.

„Ich liebe dich, Äffchen“, sagte er.

„Ich dich auch, Nilpferd“, sagte sie und lächelte sich im Spiegel zu.

Sie legte gerade auf, als Grellies Haus in Sicht kam, und ihre Aufregung stieg. Sie konnte sich keine bessere Gesellschaft für diesen besonderen Vormittag denken und keine bessere Begleitung auf dem Weg zum Altar.

Die Haustür öffnete sich, noch bevor Lila den Motor abstellte, und obwohl sie Grellie durch das Dickicht des Gartens noch gar nicht sehen konnte, spürte sie schon, dass auch ihre Großmutter aufgeregt war. Die Aufregung wehte unter dem verwitterten schwarzweißen Bogen hervor, der die Tür überspannte, und dann über Glockenblumen und Nesseln, Hortensien und Löwenzahn hinweg, hüpfte über die zersprungenen, wahllos verlegten Steinplatten im Gras und begrüßte sie am knarrenden Gartentor, das nur noch in einer Angel hing.

Lila trug das Kleid auf den Armen wie ein erschöpftes, schlafendes Kind. Als sie vor Grellie stand, hielt sie es ihr hin.

Grellies Hand streckte sich daraufhin aus und tastete nach dem Stoff. Die alten Finger glitten anmutig wie eine Spitzentänzerin über die Seide hinweg.

„Es ist gebrochen weiß.“ Lila flüsterte, weil sie nicht wollte, dass Grellies Sinne durch Laute beeinträchtigt wurden.

Grellie schwieg, während sie das Kleid mit den Fingern untersuchte. Lila schloss die Augen und lauschte der Brandung, die unter ihnen toste, dem Wind, der durch den wuchernden Garten fuhr, und wenn sie nicht im Begriff gewesen wäre, den Mann zu heiraten, den sie liebte, hätte sie sich vielleicht gewünscht, dass dieser Augenblick nie vergehen würde.

Grellies Finger strichen über den Stoff wie die einer Konzertpianistin, und als sie ihr Spiel beendet hatten, ruhten die Finger, sie schlug die Hände zusammen und hielt sie vor ihr lächelndes Gesicht.

„Wie schön“, sagte sie.

Lila hängte das Kleid in Grellies Schlafzimmer auf und ging dann hinunter zu ihr in die Küche. Wie immer stand der Wintergarten voller Leckereien, die Grellie gebacken hatte.

„Grellie“, lachte Lila, „ich habe doch gesagt, das sollst du nicht, ich kann das nicht essen, sonst passe ich nicht in mein Kleid.“

„Ach, du hast ja recht“, sagte Grellie entschuldigend, „ich wusste nur nichts mit mir anzufangen, also bin ich um drei Uhr aufgestanden und habe angefangen zu backen.“

„Um drei?!“

„Ich konnte nicht schlafen“, lachte sie. „Ich bin so aufgeregt. Ach Lila!“ Sie nahm ihre Hand und hielt sie fest, mit ihren beiden Händen, die noch warm vom Backen waren. „Deine Eltern wären so stolz.“

„Oh, nicht“, sagte Lila, zog ihre Hand zurück und wischte sich den Augenwinkel. „Du ruinierst mir noch mein Make-up.“

„Hast du es schon aufgelegt?“

„Louise hat mich heute Morgen frisiert und geschminkt. Meine Hände haben so gezittert, da habe ich mich selbst nicht getraut“, log Lila.

Grellie schwieg eine Weile, als sie begriff. Natürlich. Lila konnte so etwas selbst. Doch sie brauchte ein Spiegelbild, um sich zu frisieren und zu schminken.

„Wie geht es dir bei dem Gedanken, heute auszugehen?“

Grellie hatte das Haus seit über fünfzig Jahren nicht mehr verlassen. Seit dem Vorfall.

„Weißt du was? Ich freue mich darauf.“ Grellie grinste.

„Wenn meine Eltern doch dabei sein könnten.“

„Das sind sie doch. Sie sitzen ganz bestimmt in der ersten Reihe. Dein Vater hat nie ein Fest ausgelassen. Bei jedem Wettbewerb und jeder Aufführung, immer in der ersten Reihe, um sein Mädchen zu sehen."

„Die Drittbeste in ganz Europa", sagte Lila, und beide lachten.

Lila war bei einem Wettbewerb in irischem Tanz einmal Dritte geworden, und ihr Vater hatte überall herumerzählt, dass seine Tochter die Drittbeste in ganz Europa war. In Wirklichkeit hatte Lila den letzten Platz belegt, denn es waren nur drei Mädchen zum Wettbewerb angetreten.

„Ach, was würde er wohl heute über mich sagen?" Lila lachte und weinte zugleich.

„Die beste Braut in der ganzen Kirche", sagte Grellie mit tiefer Stimme, um ihn zu imitieren. „Hundertprozentig, hundertprozentig die beste Braut in der ganzen Kirche."

Beide lachten.

„Ach Grellie, was würde ich ohne dich anfangen? Du bist meine Rettung."

„Ach, und ich ohne dich, mein Liebes."

Sie umarmten sich.

„Jetzt aber Schluss mit dem Unsinn." Grellie nahm sich zusammen. „Jetzt stecken wir dich in dieses Kleid, sonst denkt Jeremy noch, du hast es dir anders überlegt."

„Oh", Lila quietschte vor Aufregung, „ich bin sofort wieder da."

Als sie atemlos die dunkle Holztreppe hinaufstürmte wie in so vielen Jahren als Kind, setzte sie ihre Füße immer genau auf die ausgetretenen Stellen. In Grellies Schlafzimmer lächelte sie beim Anblick ihres Kleids, das außen an der Schranktür hing. Es war düster im Zimmer, obwohl die Vorhänge offen waren. Der Spiegel über der Frisierkommode war schwarz verhängt, und den hohen Spiegel an der Wand verdeckte eine Sperrholzplatte, die dort festgenagelt war. Es versetzte Lila einen Stich, dass sie sich nicht fertig angezogen mit Frisur und Make-up betrachten konnte. Die Leute in der Kirche würden die Ersten sein, die sie sahen. Gut möglich, dass sie Lippenstift auf den Zähnen hatte.

Nein, das wollte sie nicht. Nicht am Tag ihrer Hochzeit.

Sie ging nach nebenan in das Zimmer, das sie nie hatte betreten dürfen, denn dort befand sich der beste Spiegel im Haus. Ein frei stehender hoher Spiegel. Lila war viele Male in diesem Zimmer gewesen, ohne je hineinzusehen. Sie achtete Grellies Wünsche. Doch heute war ihr Hochzeitstag, und sie würde nun zum ersten Mal in achtundzwanzig Jahren ungehorsam sein. Wenn Grellie es je erfuhr, obwohl es keinen Grund zu der Annahme gab, dass sie es je erfahren würde, dann musste sie ihr eben alles erklären. Der bisher wichtigste Tag in ihrem Leben. Grellie würde das verstehen. Und selbst wenn sie es nicht verstand, würde sie ihr doch verzeihen.

Das unbenutzte Schlafzimmer roch feucht wie ein Raum, der nie gelüftet wurde, war muffig wie einer, den niemand putzte, und eisig wie einer, in dem seit über fünfzig Jahren nicht mehr geheizt worden war.

Lila kam sich wie ein unartiges Schulmädchen vor, als sie das schwarze Tuch zur Seite zog. Fast erwartete sie, dass ihr ein Monster entgegensprang. Das Herz klopfte ihr bis zum Hals. Doch dann lag der Spiegel frei, und sie staunte über das, was sie in ihm sah. Sich selbst. Nur sich selbst. Hübsch sah sie aus. Schön. So erwachsen in diesem Kleid. Ihr kamen die Tränen, und sie kam sich lächerlich vor, weil sie sich wegen eines Kleides so eitel benahm.

Sie trat ein paar Schritte zurück, um sich ganz zu sehen. Einfach perfekt. Sie fand sich perfekt. Sie dachte an ihre Kindheit, die nun ein für alle Mal vorüber war, an ihre Eltern, an so vieles, was sie verloren hatte, und an die Freude auf das, was nun kam. Albern. Und nur, weil sie dieses Kleid trug.

Als ihre Augen wieder feucht wurden, lachte sie über sich selbst und versuchte, sich Luft zuzufächeln, damit die Tränen nicht fielen und ihr das Make-up verdarben. Doch es war zu spät. Eine lief ihr schon über die Wange.

„Verdammt." Sie trat näher an den Spiegel heran, um nachzusehen, ob ihr Augen-Make-up Schaden genommen hatte.

Nur ein bisschen verschmiert.

Lila gab sich Mühe, das Make-up mit den Fingerspitzen zu richten. Es war die letzte Gelegenheit, denn sie würde erst nach der Kirche wieder in einen Spiegel sehen, und dann war es zu spät.

Aus der Nähe sah sie, dass sich ihre Stirn plötzlich in Falten legte. Ganz plötzlich. Sonderbar, wo sie die Stirn doch gar nicht runzelte. Ausgerechnet am Tag ihrer Hochzeit zeigten sich also Falten. Großartig.

Sie legte die Finger an die Stirn, um nach den Unebenheiten zu tasten, doch die Finger im Spiegelbild fügten sich merkwürdigerweise nicht. In Lilas Kopf blinkten Warnlämpchen auf.

„Lila", hörte sie Grellie rufen.

Sie konnte nicht antworten, weil sie nicht wollte, dass Grellie ihre Stimme aus dem unbenutzten Schlafzimmer hörte. Auf einmal wollte sie nichts mehr erklären. Sie hatte einen Fehler gemacht, das wusste sie. Und sie hatte immer gewusst, dass Grellie ein vernünftiger Mensch war, dass es ganz sicher einen Grund für ihre Ängste gab. Daran hatte sie immer geglaubt, das hatte sie immer respektiert, doch erst jetzt erkannte sie es wirklich an.

Erschrocken richtete sie sich auf. Diesmal tat ihr Spiegelbild dasselbe. Lila lachte. Ihre Phantasie hatte ihr einen Streich gespielt. Sie streckte die Hand aus und berührte den Spiegel.

„Lila, ist da oben alles in Ordnung?"

Plötzlich drehte sich die Hand im Spiegel um und packte zu. Lila spürte Fleisch, eiskaltes Fleisch. Etwas zog sie durch das Spiegelglas, das sie auf der Haut wie einen kalten Luftstoß spürte. Schließlich stand sie vor sich selbst im Hochzeitskleid. Als sie nach rechts blickte, sah sie das Zimmer wie auf einem Fernsehschirm. Das schlichte Bett mit dem Kopfteil aus Messing, die dunklen Bodendielen, die nicht so abgenutzt waren wie in den anderen Zimmern. Die weißen Wände, den verstaubten Nachttisch. Einen Stuhl an der Wand. Sonst nichts. Leere, wo sie gestanden hatte. Eine geschlossene Tür.

„Tja, da lernen wir uns endlich persönlich kennen“, sagte die junge Frau, die ihr gegenüberstand. Sie klang nicht wie Lila und sah bei näherer Betrachtung auch ein wenig anders aus. Hinter den Augen fehlte etwas. Sie waren tot und kalt.

Lila sah sich um. Das Zimmer, in dem sie stand, war das genaue Spiegelbild des unbenutzten Schlafzimmers. Das Bild, das Bett, das Nachtschränkchen, die Tür. Nur seitenverkehrt.

„Lila!“ Wieder hörte sie Grellie.

„Ich bin hier!“, hörte sie ihre eigene Stimme schreien. Verzweiflung. Panik.

„Sie kann dich nicht hören“, sang die Stimme.

Als Lila sich zum Spiegel wandte, um hindurchzugehen, stieß sie an Kälte. An ein kaltes Nichts. An eine Wand aus Kälte.

„Und du kannst nicht raus“, fuhr die Singsangstimme fort.

„Wer bist du?“ Als Lila endlich etwas sagte, zitterte ihre Stimme vor Wut und Angst.

„Tja“, sagte die junge Frau und blickte an sich herab. „Heute bin ich wohl die Braut. Daaaa-daaaada-daa-daa-daa-daa …“, sang sie und lachte.

„Wer zur Hölle bist du?“

„Also wirklich, das wirft mich jetzt um. Du schaust mich täglich an und siehst mich nicht?“

Lila machte den Mund auf und gleich wieder zu. Sie hatte keine Ahnung, was sie sagen sollte, und ihre Gedanken versuchten in Lichtgeschwindigkeit zu ergründen, was hier geschah. Spielte man ihr einen Streich? Stellten ihre Freundinnen am Morgen ihrer Hochzeit grausame Scherze mit ihr an? Doch Lila wusste, dass es nicht so war. Alles wirkte zu echt, es konnte keine Einbildung sein. Ihr Instinkt sagte ihr, dass sie sich ernsthaft in Gefahr befand.

„Also, ich sehe dich jeden Tag“, fuhr die junge Frau fort. „Ich schaue dir jeden Tag entgegen. Du bist nicht so perfekt, wie du tust, stimmt's?“ Sie lächelte verschlagen.

„Ich will hier raus“, sagte Lila nun kalt. „Lass mich verdammt nochmal hier raus. Sonst –“

„Sonst was?“, sagte die junge Frau lächelnd, weil sie die Herausforderung genoss. „Willst du mir was tun?“

Lila sah sich in dem spiegelverkehrten Zimmer um und suchte es nach einer möglichen Waffe ab. Sie war sehr wohl in der Lage, sich zu verteidigen. Wenn man eine Großmutter ohne Augen hat, die sich vor Spiegeln fürchtet und ein verwildertes Haus an der Spitze der Landzunge bewohnt, das sie seit über fünfzig Jahren nicht mehr verlässt, dann lernt man, sich zu verteidigen. Das konnte sie, und das würde sie tun.

Lila sah sich um.

Als ihr Blick auf das Nachtschränkchen fiel, fiel ihr wieder ein, dass sie dort einmal einen Brieföffner versteckt hatte, als sie mit einer Freundin spielte. Sie hatte Angst gehabt, ihn mit nach unten zu nehmen, weil Grellie nicht wissen sollte, dass sie diesen Brieföffner besaß. Also hatte sie ihn dort liegen lassen, all die Jahre. Lila ging geradewegs auf das Schränkchen zu, und ihre Schleppe fegte dabei durch den gespiegelten Staub auf dem Boden, ohne ihn aufzuwirbeln. Sie öffnete die Schublade.

Die junge Frau warf den Kopf zurück und lachte. „Was machst du denn da?"

Die Schublade war leer. Lila blickte in ein schwarzes Loch, denn die Schublade hatte nicht einmal einen Boden.

„Verstehst du denn nicht? Das ist alles nur Kulisse. Hier ist gar nichts echt. Das ist ein Spiegelbild. Es ist nicht echt."

„Dann bist du auch nicht echt", fauchte Lila zurück. „Das bedeutet, dass auch du nur ein Spiegelbild bist, dass du nichts bist, dass du nicht echt bist."

„Lila, im Moment ist hier nichts so echt wie ich. Ich bin die Einzige, die dich hier rauslassen kann."

Lila schluckte.

„Lila!" Grellie rief nach ihr. Ihre Stimme war jetzt lauter, nicht nur, weil sie so eindringlich rief, sondern auch, weil sie näher kam. Lila hörte ihre Schritte auf der Treppe. Sie wusste nicht recht, ob sie wollte, dass Grellie das Zimmer betrat. Wahrscheinlich würde sie ohnehin nicht hereinkommen. Nicht bemerken, dass das Tuch weggezogen worden war. Es sei denn, sie tastete sich hin, doch Lila wollte nicht, dass Grellie das Glas berührte.

„Da kommt sie ja“, sagte die junge Frau und zog eine Augenbraue hoch. Sie sah aus, als wolle sie gleich ein ganzes Festessen verspeisen, nachdem sie eine Ewigkeit gehungert hatte. „Ich habe das Miststück lange nicht mehr gesehen. Sie mich wahrscheinlich auch nicht.“ Die junge Frau kicherte. „Weißt du, es war wirklich gut, auf die alte Kuh zu hören. Du hast kein einziges Mal in einen der Spiegel gesehen. Achtundzwanzig Jahre lang, Lila. Warum nicht? Hattest du Angst?“

Sie wartete Lilas Antwort nicht ab.

„Und ausgerechnet heute musst du ungehorsam sein.“ Sie mokierte sich wie über ein unartiges Kind. „Am wichtigsten Tag deines Lebens? Sieht ganz so aus, als wäre es an mir, heute Nacht mit Jeremy zu schlafen. Das macht sicher Spaß.“

Lila konnte nicht anders. Sie holte aus und schlug der jungen Frau ins Gesicht. Die eisige Kälte der Wange stach ihr in die Hand. Der Kopf der jungen Frau wurde zur Seite geschleudert. Sie hielt sich die Wange, und dann fing sie an zu lachen.

„Tja, jetzt wird es mir erst recht Spaß machen. Vielleicht tun wir es ja vor dem Spiegel, damit du zusehen kannst. Das gefällt Jeremy doch bestimmt, meinst du nicht? Dir sicher auch, wenn ich mich recht erinnere. Hieß er nicht Vincent? Der in der Toilette? Wirklich, Lila, ich wusste gar nicht, dass du zu so was fähig bist. Ob Jeremy wohl von ihm weiß? Vielleicht ist die Hochzeitsnacht ein guter Anlass, alle Geheimnisse zu gestehen." Sie zwinkerte.

„Wenn du glaubst, ich lasse zu, dass du mein Leben übernimmst, dann irrst du dich."

„Aber sicher. Du denkst, ich nehme dir dein Leben nicht einfach weg, ohne zu fragen, stimmt's? Das wäre ja unhöflich."

„Meine Antwort lautet nein."

„Ich habe dich noch nicht gefragt. Du weißt nicht, welche Alternativen es gibt. Du hast dreimal Gelegenheit, ja zu sagen."

„Es gibt gar keine Alternativen. Ich gehe durch diesen Spiegel zurück", sagte Lila mit eiserner Entschlossenheit.

„Du kannst mir deine Augen geben“, sagte die junge Frau nun todernst.

„Was? Nein!“ Lila wich einen Schritt zurück.

„Lila!“ Wieder hörte sie Grellie rufen, und allmählich klang es wütend. „Komm sofort her. Wo bist du denn?“

Sie hörte, wie nebenan die Tür zu Grellies Schlafzimmer geöffnet wurde. Es würde eine Weile dauern, bis sie sich durch den Raum getastet und festgestellt hatte, dass sie nicht dort war.

„Ich bin hier, ich bin hier drin!“, schrie sie.

„Sie kann dich nicht hören“, sang die junge Frau. „Jetzt gib mir deine Augen.“

„Nein!“ Lila schrie sie jetzt an. „Das ist nicht witzig. Ich will hier raus. Lass mich raus!“

Die junge Frau holte tief Luft. „Du hörst nicht richtig zu, Lila. Dir bleibt noch eine Gelegenheit.“

„Bist du verrückt? Warum sollte ich dir meine Augen geben?“

„Das ist der Preis der Freiheit“, sagte sie schlicht.

„O mein Gott“, flüsterte Lila, und ihr Herz klopfte wild. „*Du* hast ihr die Augen weggenommen.“

„Ja, das ist etwas unappetitlich“, sagte die junge Frau und rümpfte die Nase. „Nicht besonders schön. Deswegen habe ich mich auch geweigert, als ich in deiner Lage war, doch deine Großmutter, die war schlau. Sie hat die Freiheit gewählt. Bei dir weiß ich nicht recht. Du … Du bist eitel. Und machst es vielleicht nicht. Aber du bist meine einzige Chance. Ich warte schon lange. Sie hat es mir nicht besonders leicht gemacht.“

„Wie lange bist du schon hier?“, fragte Lila.

„Es geht nicht um höfliches Geplauder, Lila. Ich bin hier lange genug. Und du hast noch eine Gelegenheit.“ Sie holte tief Luft, als hinge ihr Leben davon ab.

„Du hast das Leben meiner Großmutter zerstört“, sagte Lila wütend. „Ich lasse nicht zu, dass du mir dasselbe antust, niemals.“

„Also, wie lautet die Antwort? Ja oder nein?“

„Nein“, sagte Lila trotzig.

Das Gesicht der jungen Frau wurde weich, sie lächelte und atmete lange aus, als hätte sie jahrelang die Luft angehalten.

„Danke“, sagte sie schlicht, und auch ihre Stimme klang weich.

„Was?“

„Pass auf dich auf. Es wird kalt hier drin. Man sieht sich.“

Die junge Frau trat vor den Spiegel, und ein kalter Luftstrom trug sie auf die andere Seite. Lila jagte ihr nach, doch wieder prallte sie gegen ein kaltes, eisiges Nichts. Sie sah zu, wie sich die junge Frau im Spiegel betrachtete. Lila spürte, dass sie sich ganz von selbst mit ihr bewegte. Sie richtete sich das Haar, als die junge Frau es tat, und wischte sich zugleich mit ihr die verschmierte Wimperntusche weg. Die junge Frau holte tief Luft. Zwinkerte.

„Ich komme, Großmutter!“, rief sie honigsüß.

Großmutter, hörte Lila. Grellie würde es wissen. Ganz sicher. Als die junge Frau das schwarze Tuch wieder über den Spiegel breitete, war nichts mehr da. Gar nichts. Nur Finsternis. Der Stuhl, das Bett, die Tür, das Bild, das Nachtschränkchen. Alles war fort. Es war so still, dass sie nur ihren eigenen Atem hörte. Und es war kalt.

Grellie war mit ihrer Weisheit am Ende. Sie hatte überall nachgesehen, hatte die Wände und den Fußboden in ihrem Schlafzimmer abgesucht, falls Lila ohnmächtig geworden war. Sie wollte gerade Jeremy anrufen, als ihr ein Gedanke kam. Ein verzweifelter Gedanke. Sie hat doch wohl nicht. Allmächtiger Gott, bitte nicht.

Sie tastete sich zu dem unbenutzten Schlafzimmer hin.

Es war lange her, dass sie durch diese Tür gegangen war. Dieses Zimmer hatte sie seit einer Ewigkeit nicht mehr betreten. Damals war sie eine andere Frau gewesen. Sie und ihr Ehemann hatten das Haus von seiner Mutter geerbt, und sie war dabei gewesen, es zu erkunden. Beide waren gerade eingezogen und aufgeregt an diesem ersten Tag im ersten gemeinsamen Haus, und dann hatten sie sich getrennt voneinander verschiedene Zimmer angesehen. Ellie hatte sich dieses ausgesucht.

Danach hatte ihr Mann sie verlassen. Sie und ihre kleine Tochter. Er kam nach dem Vorfall nicht mehr mit ihr zurecht. Ein Nervenzusammenbruch, hieß es. Selbstverletzendes Verhalten.

Vor der Tür blieb sie stehen, und ihre Hand bebte, als sie nach dem Knauf griff. Ihr war übel, und ihre Knie zitterten so sehr, dass sie kaum stehen konnte.

Dann hörte sie die Stimme.

„Ich komme, Großmutter!"

Da wusste sie es.

Sie wusste sofort, dass Lila in den Spiegel gesehen hatte, dass sie sich geweigert hatte, wie Grellie für ihre Freiheit zu bezahlen. Ihr wurde schlecht.

Die Tür ging auf.

Dort stand jemand; jemand stand dort und betrachtete sie eine ganze Weile, während sie zurückwich und nach etwas griff, woran sie sich festhalten konnte. Nach etwas, das sie aufrecht hielt. Ein kalter Luftstoß wehte sie an. Dann endlich ein Wort.

„Was ist denn los?"

Grellie war unverwüstlich und riss sich zusammen. „Lila, mein Liebes", keuchte sie. „Meine Herztabletten. Hol mir meine Herztabletten."

„Was ist denn? Wo sind sie? Ich hab's vergessen."

„Denk daran, was der Arzt gesagt hat", fuhr Grellie fort.

„Ich weiß ja, ich weiß, dass du aufpassen musst. Wo sind sie denn?"

Mit Grellies Herz war alles in Ordnung.

„In meinem Bad."

Das Wesen ging auf das Zimmer zu, von dem es annahm, dass es Grellies Schlafzimmer war. Grellie hätte gehört, wenn sie vom Teppich im Schlafzimmer auf den Fliesenboden im Bad getreten wäre, doch es rührte sich nichts. Also war sie noch im Schlafzimmer.

„Ich kann sie nicht finden."

„Bist du im Bad?"

„Ja, sicher."

Ellie hatte die junge Frau auf die Probe gestellt und wusste nun, dass sie ihren Tod wollte. Doch Ellie hatte schon vor über fünfzig Jahren nicht aufgegeben, und sie würde jetzt nicht damit anfangen.

Rasch ging sie nach unten.

„Wo willst du denn hin?“, fragte die Frau, als sie an der Treppe erschien.

Ellie geriet in Panik, versuchte aber, sich nichts anmerken zu lassen, während sie zur Haustür ging. Sie öffnete die Tür, denn sie wusste, dass hinter dem Gartentor ein Wagen wartete.

„Der Fahrer ist da, wir müssen gehen.“

„Oh!“ Lila klang jetzt entspannter. „Jetzt wird geheiratet!“

„Geh du schon zum Wagen, ich möchte noch kurz telefonieren“, sagte Ellie leichthin.

„Wen rufst du denn an?“ Lila stand sofort neben ihr. Und mit ihr kam diese kalte Luft.

„Jeremy, ich will ihm nur sagen, dass wir jetzt fahren.“

„Ich komme mit.“

Sie wusste es. Sie wusste, dass Ellie es wusste.

„Jeremy“, sagte Ellie ins Telefon, nun ohne jede Aufregung. „Wir gehen jetzt aus dem Haus.“

„Ist alles in Ordnung?“, fragte Jeremy besorgt.

„Warum?“

„Du klingst … du klingst so niedergeschlagen."

Ellie schwieg kurz und bedeutungsvoll. Er sollte glauben, dass etwas nicht stimmte. Er sollte merken, dass es nicht Lila war, die in der Kirche neben ihm stand.

„Grellie?"

„Ja?"

„Keine Sorge, es passiert nichts. Wir passen heute auf dich auf. In Ordnung?"

Ellie schluckte hörbar. „Bis gleich."

Im Wagen sprachen die beiden Frauen nicht miteinander. Sie sprachen auch beim Aussteigen nicht. Erst, als sie am Tor ankamen und die Flügel geöffnet wurden, flüsterte die junge Frau in Ellies Ohr: „Stell dir vor, jetzt steckt die arme Lila ganz allein in diesem schwarzen Nichts. Da geht es uns doch viel besser."

Der Hochzeitsmarsch begann.

Ellie flüsterte zurück: „Ja, aber da wird sie nicht lange bleiben, also hab deinen Spaß und geh allein zum Altar."

Ellie spürte, dass die junge Frau überrascht war. Sie hatte wahrscheinlich erwartet, dass Ellie mitspielen würde, doch das würde sie nicht tun, niemals. Sie trat zur Seite, obwohl sie keine Ahnung hatte, wo sie sich befand, und als sie spürte, dass sich die junge Frau entfernte, wusste sie, dass sie die Stufen hinaufgegangen war und nun durch den Mittelgang schritt.

Jemand führte Ellie zu einem Sitz, wo sie Platz nahm und mit Übelkeit im Magen der Trauung lauschte. In Jeremys Stimme lag so viel Gefühl, und die der jungen Frau klang eiskalt.

Nach der Zeremonie kam Jeremy auf Ellie zu.

„Grellie, ist alles in Ordnung? Lila sagte, du fühlst dich nicht wohl und dass du sie nicht zum Altar begleiten konntest."

Sie packte ihn, suchte sein Ohr und spürte, wie sich ihre Nägel in seinen Arm gruben, als sie ihm klarzumachen versuchte, was vorging.

„Jeremy, hör mir zu, ich weiß, du hältst mich für verrückt – "

„Natürlich nicht", unterbrach Jeremy.

„Hör zu." Sie grub ihre Nägel fester in seinen Arm. „Vor zweiundfünfzig Jahren habe ich in einen Spiegel gesehen …", und sie erzählte ihm die ganze Geschichte. Als sie fertig war, herrschte Schweigen. „Stell sie auf die Probe, Jeremy. Stell sie einfach auf die Probe, sage ich dir. Tu es für mich."

„Ist gut, Grellie, ist gut."

Er glaubte ihr nicht, das wusste sie und das hatte sie geahnt, doch ihre Saat war gesät. Ganz gleich, wie viele Jahre er mit dieser Frau verbringen würde, zumindest würde er immer Ellies Worte im Ohr haben, und vielleicht würde er ihr eines Tages glauben.

Es war, als hätte Lila in der Mitte eines Fußballstadions gestanden, ohne es zu merken, denn plötzlich wich die völlige Dunkelheit gleißendem Licht, an das sich ihre Augen erst gewöhnen mussten. Sie war umgeben von Menschen, von vielen Menschen, die sie kannte und liebte. Sie wollte ihnen zulächeln, doch nichts bewegte sich in ihrem Gesicht. Die Leute hantierten mit Kameras und lächelten gerührt, doch sie waren nicht ihr zugewandt, sondern einer anderen Lila, der jungen Frau, ihrem Spiegelbild, das in Jeremys Armen mitten auf der Tanzfläche stand.

In dem abgedunkelten Raum, der ihr Gefängnis war, spiegelte sich all das, was sie monatelang organisiert hatte. Die weißen Rosen machten sich gut auf den Tischen, die Stühle waren mit schwarzen Schleifen dekoriert. Schwarzweiß war das Motto des Fests, damit die schwarzen Vorhänge nicht auffielen, die sie eigens hatte anfertigen lassen, um die Spiegel zu verhüllen. Doch der Stoff lag nun auf dem Boden. Und die andere stand mitten auf der schwarzweißen Tanzfläche, in ihrem Kleid, und hatte die Arme um ihren Freund geschlungen – der jetzt ihr Ehemann war. Jeremy sah ein wenig durcheinander aus. Und Grellie … die arme Grellie stand in der Menge und wirkte ganz verloren.

„Was machst du denn, Lila?“, fragte Jeremy mit zusammengebissenen Zähnen.

„Lass uns jetzt nicht streiten, alle starren uns an“, lächelte die junge Frau zurück.

„Sag mir bloß, warum du die Vorhänge abgenommen hast!“

„Was hat man davon, den Ballsaal zu buchen, wenn man dann die vielen schönen Spiegel verhängt! Ich will mich sehen.“

„Aber es geht um Grellie, nicht um dich, das weißt du doch.“

„Um wen?!“

Jeremy erstarrte.

Dann lachte sie. „Ach, natürlich, ich weiß, wen du meinst, wie konnte ich Grellie vergessen“, lachte sie. „Grellie, Grellie, Grellie, Ellie. Was soll's, sie kommt darüber hinweg. Sie ist heute so komisch. Ich finde, wir sollten mit ihr zum Arzt gehen, sie faselt merkwürdiges Zeug. Hat sie dir gegenüber etwas erwähnt?“

„Was denn?“

„Von einem Spiegel? Oder so?“

Jeremy betrachtete sie genau. Er spürte ihre Kälte. Und wusste, dass etwas nicht stimmte. „Ich liebe dich, Äffchen."

Die junge Frau lachte, war kurz verwirrt. Dann erinnerte sie sich, wie Lila am Vormittag selbstgefällig in den Rückspiegel geblickt und gesagt hatte: „Ich dich auch, Nilpferd."

Jeremy lächelte. Er sah erleichtert aus.

„Jetzt lass uns tanzen."

Im Spiegel spürte Lila plötzlich, wie sich ihre Arme hoben, weil sie sich um Jeremys Hals schlangen, ohne dass sie ihn jedoch spüren konnte. Dann fing sie an, sich zu drehen. Schnell und immer schneller, rundherum, bis ihr übel wurde. Um sie herum lächelnde Gesichter, sie wollte um Hilfe rufen, gerettet werden, doch niemand sah sie an. Niemand sah in den Spiegel, denn alle betrachteten die junge Frau, die sich mitten auf der Tanzfläche drehte.

Als Ellie wieder zu Hause war, stellte sie sich vor den Spiegel.

„Es tut mir leid, mein Liebes. Es tut mir so leid. Ich würde den Platz mit dir tauschen, aber das geht nicht. Ich kann dir deine Augen nicht nehmen. Dann wäre ich dein Spiegelbild, und du würdest aussehen wie ich. Ich habe alles durchdacht. Es geht nicht. Ich habe Jeremy immer wieder angerufen, aber er geht nicht ans Telefon. Sie sind weggefahren, auf Hochzeitsreise … ach, mein Liebes, es tut mir so leid."

Grellie überlegte, wie sie das Zimmer verschönern konnte. Sie nahm den schwarzen Stoff vom Spiegel. Sie stellte Blumen ins Zimmer, zog die Vorhänge auf, putzte, zündete im Kamin ein Feuer an, um Lila an ihrem kalten Ort zu wärmen. Sie wusste, dass es nicht möglich war, doch sie versuchte es trotzdem. Monate vergingen, ohne dass Grellie jemanden sah, sie empfing keinen Besuch und wollte nicht mit Jeremy sprechen. Sie hatte Angst, dass man sie mitnehmen und wieder dorthin bringen würde, wo sie beim ersten Mal eingesperrt worden war … Also blieb sie allein.

Eines Tages hatte sie eine Idee. Sie wollte das Zimmer neu streichen lassen und einen Maler bestellen, und sie nahm sich viel Zeit, um herauszufinden, welche Handwerker es in der Gegend gab. Dann hatte sie den richtigen gefunden.

Ein junger Mann. Fünfundzwanzig Jahre alt. Ein Pole, der ohne Familie ins Land gekommen war.

„Hier ist Ihr Tee." Ellie stellte seinen Becher auf das Nachtschränkchen.

„Danke."

„Gern geschehen. Möchten Sie noch ein Sandwich? Oder Kuchen?"

„Nein, danke, ich habe schon so viele leckere Sachen gegessen." Er lächelte und klopfte sich auf den Bauch.

„Gut. Darf ich Sie um einen Gefallen bitten?", fragte Ellie höflich.

Er hörte auf zu malen und ließ den Pinsel sinken.

„Könnten Sie mir vielleicht helfen, den Spiegel dort sauberzumachen? Ich glaube, Sie haben Farbe daraufgespritzt."

Der junge Mann trat ganz nah an den Spiegel heran, legte einen Finger darauf und versuchte, mit dem Nagel etwas abzukratzen.

„So, Liebes, das ist jetzt deine Chance", sagte Grellie.

Lila stand einem jungen Mann gegenüber. Er war höchstens fünfundzwanzig.

„Was ist das?", fragte er betroffen und sah sich um.

Lilas Augen waren ganz weit.

„Ich werde dir eine Frage stellen", sagte sie kalt. „Und du hast dreimal Gelegenheit, ja zu sagen …" So fing sie an.

Das Geheimnis wurde wie eine Feder mit dem Wind aus dem Haus geweht, über Löwenzahn, Disteln und Fuchsien hinweg, durch das rostige Tor hinaus, die Küste entlang bis ins Dorf, wo man von Grellie und ihrem neuen Hausgenossen sprach. Zuerst hieß es, er sei ein Mieter, ein junger Mann, der einer alten, blinden Frau im Haus behilflich war, nun, wo ihre Enkelin das Nest verlassen hatte und sonderbarerweise nie mehr wiedergekommen war. Vermutlich ein geheimnisvoller Familienstreit, dessen Rätsel die Dorfbewohner immer wieder gern zu ergründen versuchten, ohne der Wahrheit jemals auch nur näher zu kommen.

Niemand konnte verstehen, welche Verbindung zwischen dem fünfundzwanzigjährigen Polen und der achtzigjährigen Frau bestand, doch anscheinend lebte sie durch ihn auf und er durch sie.

Denn bis zum Tod der alten Frau wohnten beide glücklich zusammen im großen Haus auf der Klippe.